山黄麻家书

刘克襄 文/图

上海译文出版社

图书在版编目(CIP)数据
山黄麻家书/刘克襄著.—上海:上海译文出版社,2016.4
ISBN 978-7-5327-7201-8

Ⅰ.①山… Ⅱ.①刘… Ⅲ.①书信集-中国-当代
Ⅳ.①I267.5

中国版本图书馆CIP数据核字(2016)第028042号

图字:09—2015—090号

山黄麻家书
刘克襄/著
责任编辑/刘宇婷 装帧设计/尚燕平工作室

上海世纪出版股份有限公司
译文出版社出版
网址:www.yiwen.com.cn
上海世纪出版股份有限公司发行中心发行
200001 上海福建中路193号 www.ewen.co
上海颛辉印刷厂印刷

开本890×1240 1/32 印张7.25 插页2 字数54,000
2016年4月第1版 2016年4月第1次印刷
印数:0,001 — 4,000册

ISBN 978-7-5327-7201-8/I·4376
定价:35.00元

目　次

旅行观察篇

植物篇

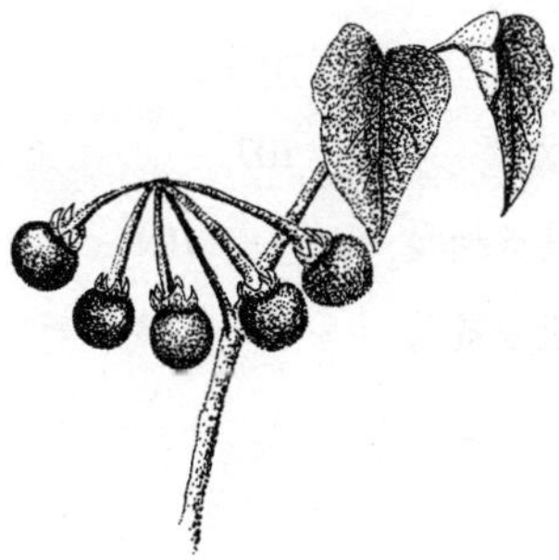

CONTENTS

鸟类篇

动物篇

登山篇

学习认识篇

增修版序

三十而立时，也初为人父。

那阵子，除了持续野外观鸟，我放弃了前往偏远地方，从事定点观察的计划，也不再镇日逗留图书馆，追探早年的自然志，转而在住家周遭，尝试着探索其他动植物的知识。

随着孩子的成长，我有着等待伙伴到来的浪漫期待。那时多么渴望，日后孩子们也能走进这个美好的世界。甚至跟我一样，有幸受到自然的眷顾，努力以一辈子的探索，跟它密切对话。童年时能够在郊野奔驰，那是我想留给他们最珍贵的财富。

这一系列家书便是在这样的愿景下逐篇产生，简单地阐述了这一阶段的自然观察和感触。文章里，多以“我”和“爸爸”轮番交替，一古脑地想把自己的喜爱和生活价值，从不同的面向感性倾吐，跟孩子们叙述心境。

一边书写，我从中更悄然领悟，或者萌发某一态度的生命执着，那是这把年纪已经无法想象的纯真。这份送给孩子青春期以前的礼物，如今再回顾，或有给大，给重了。有些期待因而落空，比如说，成为像我这样的自然观察者。

但有些真的扎根了，只是很晚以后，过了青春期，他们才有感怀。如今孩子们已弱冠之年，翻读此书，想必会更加体悟。

本书以住家旁边的植物山黄麻为名，取其常见而普通，孩子们的成长却是缓慢如桧木。我们必须等待，给他各种选择的机会。自然教育的精神原本即该如此，不是要孩子们快速成长，早早鹤立鸡群。

今回重新修订，在文句上，我尽量保持原句文貌的叙述精神，但润饰了一些不成熟的措辞，尽量让语意更加婉转。在篇章分类方面，我更保持过去的想法，刻意把鸟类观察单独辑成一个章节，其他动物再结成另一部分。主因是自己最早以鸟类观察接触郊野，在书写上放入的议题，自是多于其他。

特别补增的两篇短文，其一《航向异世界》，是小儿升中学后，自己的挣扎心情。另一篇，衔续着《大树之歌》的内容。此文被收入中学课本，后来又有新的发展和观察，或可跟原文做些对照。

我不是成功的自然老师，也不谙熟于引导孩子，给予启蒙。这些文章的出炉只是证明，我很努力地探索和学习，希望孩子们在成长的过程里，可以靠近我，也靠近我所热爱的山野环境。

初版序

《山黄麻家书》的内容，大致是这两三年来带孩子出外旅行，或者自己经年在野外长期观察的见闻。由于个人对自然观察的酷爱，我对两个儿子所谈的内容，不免有相当强烈的教诲语气和期许。他们现在才满五岁和两岁，当然还不知道有这么一本书信体的家书。它是未来式的，是希望他们在成长的过程里，从书里衍生的各种议题不断地再思考，和我一样向自然学习更多的东西。

每天陪他们起床、喝奶、更衣、刷牙、洗澡、看书和睡觉，身为一个现代父亲，我当然诚挚地企盼，儿子们日后长大，能像我一样幸运地成为自然观察者。若无缘，亦无妨，只希望在他们的成长里，拥有多一点时间浸沐在自然的怀抱里，这样也是一种福气了。

旅行观察篇

清晨在小绿山

清晨六点，你们还在梦乡时，爸爸又去相思林拜会那些老朋友了。冬天太阳起得晚，林子黑黝黝的。我慢慢地穿过落雨的小径。一只赤胸鸫自地面蹿起。上个星期，它才来，有三四只同伴陪着。最近同伴可能都走了，剩下它孤零零的。我也去探访赤腹松鼠的住家。那一对住在竹林的夫妻，最近很喜欢水同木的果实，但早上并未现身。若是我，也不想出来，树干滑溜、湿黏，不好爬动，出来只有活受罪。

雨愈落愈大，我只好躲入菜畦荒废的茅屋，在那儿静静地聆听。茅屋前的水塘，三只长肢林蛙雄蛙竞相爬上一只雌蛙的背部，抢着和它交配。冬天时，这儿的水塘比哪里都热闹。过不久，天亮了，

长肢林蛙

长肢林蛙善于靠一双修长的后腿，以长距离的弹跳躲避天敌。繁殖期时，雄蛙和雌蛙都会大量出现在水域附近，雄蛙多潜伏在浅水环境鸣叫，吸引雌蛙接近。

长肢林蛙们散去，水塘方能平静下来。

水塘边，还有台北树蛙，不知隐藏在哪块泥泞地里，努力地发出像摩托车在远方山路不断疾行的鸣叫。这一低沉幽渺的声响，让我怀念许久未到更高的山里旅行了……

雨暂时停止，黑枕王鹟家族的三个朋友自昨天过夜的密林醒来，不断地尖锐大叫。小弯嘴族群也从芒草丛中起床，在里面钻动。而远方的小坡池，那只可能从深坑或竹围飞来的小白鹭阿英，早已吃饱，回到林冠上层的一根枯枝休息了。我这才想起忘了吃早餐。菜畦的草丛，正巧结了四五颗鲜红的刺莓浆果。摘了果腹，仍觉得有点饿。于是，跟一群野狗问安后，再度穿过落雨的林子，返回家里。我在家里抖落衣物的雨水时，你们还未醒来。

游泳池

每天上山以前，爸爸都会带一把昆虫网。走到社区的游泳池，捞捕昨晚在池子附近啜水或觅食、不小心掉落到池里的昆虫。

这个非天然水塘的游泳池，不过十五平方米，能捞到哪些种类呢？我把春天以来捞获的昆虫，简单列举成下列的名单，提供你们参考：星天牛、步行虫、蟋蟀、吉丁虫、金花虫、蜗牛、铜绿丽金龟、锯蜂、叩头虫、豆象、白蚁、蜻蜓、豆娘、隐翅虫、蟪蛄、蜈蚣、马陆、蛞蝓、龙虱、马蜂、熊蝉、黄蜂、桩象，以及鳞翅目的蛾、蝶等各类科属的昆虫。从这个名单不难看出，大自然在此展现了非凡的魅力，光是一个城市社区的游泳池，便是一个丰富的昆虫自然教室。

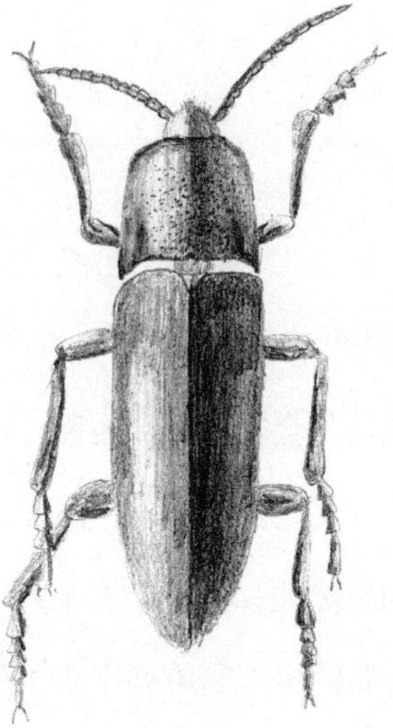

叩头虫

叩头虫科多为植食性、腐食性、木食性，少数为肉食性。其中有些是农林果树的害虫。多数叩头虫遇敌害时，会迅速弹跳翻身，借此逃命。

有时，在那儿研究一个早上，都比到林子里收获来得多。我的意思是说，一个自然观察者不一定要到森林里面，才会有丰富的生命。在这儿，在自家门口，公寓社区的庭院，每天就有新鲜的生物种类到来。

通常，我都是带一个透明的塑胶罐，装入这些被溺毙的昆虫尸体，带回家去对照图鉴，研究它们的属种、习性，进而记录它们出现的时日、数量、雌雄和色泽等等。

尚未在图鉴上发现的昆虫，用绘本描出简单特征，记录它们的体长、特征、科属，作为以后鉴定之线索。这个工作有点像出海捕鱼一样，从捞取的鱼类，研判目前的栖息状况。我也依此分析昆虫的出没情形。经过长期的记录，光是池子里溺毙的昆虫便能告诉我，许多周遭环境正在发生的事。

无尾港之旅

今天是阿一跟我，还有鸟类画家何华仁叔叔去宜兰看鸟的日子。我们先到无尾港，那儿有野鸟学会的朋友在举办赏鸟活动。苏澳岳明小学操场后有一排漂亮的苦楝树，结了许多黄色的果实。小时候，爸爸常和邻居的同伴拿这种树的果实玩游戏。

基隆河下游右岸也长了不少，但它们的树身都没有这儿的高大、英挺。可能这儿的土地较肥沃，空气也较少污染吧！

无尾港并不是一个港的名字。早年曾有一条武荖坑溪流过，现在它改道了，这里遂淤积成一个封闭的沼泽。有趣的是，最近一场大雨又把淤积的泥沙冲走，将它疏通回一条河的原貌。不过，我们要到海边的路也暂时淹没在河水中。

上千只的小水鸭在天空盘飞，可是，它们迟迟不敢飞降。为什么呢？因为它们是被人惊起的。当大家在岸边看鸟时，有两个摄影记者非常缺乏公德心，径自跑下去，丢石头，惊吓它们，逼它们飞起来。如此，他们就可以捕捉优美的飞行镜头。这些记者也始终待在河边，不肯离去。小小鸭群盘旋了很久，不得不飞到风浪较大的外海。

这里还有一种本地伯劳经常出现。它和我们家前面的红尾伯劳不同种，它们是留鸟，会在台湾繁殖，体型也较大，它们叫棕背伯劳。伫立高枝上时，像一朵亮丽的大花朵。或者，更贴切地说，像一把黑夜里的小篝火，在这片植物泰半枯褐，形成萧瑟景观的农地与沼泽上，点亮了大地。

附近农家的竹林里也有不少斑文鸟。我和何叔叔赏鸟多年，头一次听到斑文鸟持续叫出婉转而流畅的美妙声音。以前，都误以为它们只能发出如猫咪般的微弱鸣啼。

对我们而言，斑文鸟算是相当常见，有点要看腻的鸟种了，没

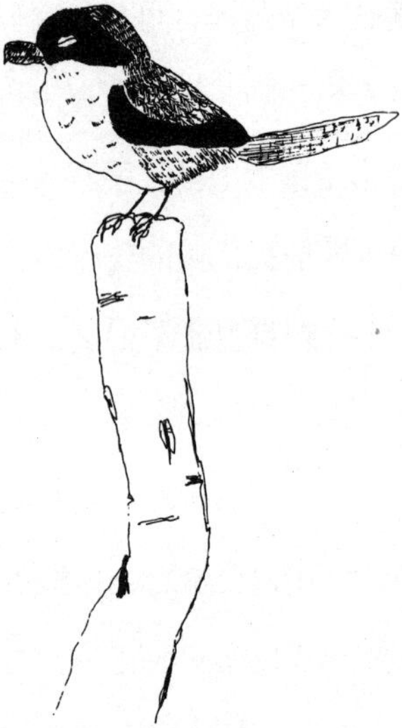

棕背伯劳

东部常见之留鸟，喜单独出现于平地至丘陵地带的开阔树林、草原及农耕地带。领域性极强，喜爱停栖于视野良好的枝头、木桩或电线上，以昆虫、蛙类、蜥蜴及小鸟等为食。发现猎物，俯冲捕捉后，飞回原处啄食。擅于模仿其他鸟种的声音。前几年，我教过书的东华大学特别常见。

想到竟有这种我们还未获知的习性，算是跌破眼镜的美好发现了。

但我想阿一印象最深刻的，恐怕是那群关在农家的火鸡群，它们拥有恐怖的长相，会集体发出奇妙的喀喀声。

火鸡也是我们小时候常常接触的家禽。现在城里的小孩大概没多少人见过吧？可能在餐桌上还吃过，却无法在现场切身体验火鸡诡异的形容。我相信，那会是你这辈子印象最深刻的动物。

知本溪之旅

台东知本以温泉和森林游乐区闻名遐迩，节假日有数以万计的游客前往。春天时，爸爸只身在台东旅行。朋友说没有去知本，不算来过台东，于是，招待我下榻知本溪岸的东台饭店。

隔天清晨，参加一场座谈会前，我偷空到山崖下的知本溪散步，欣赏附近溪岸的自然景观。阒静、幽深的溪水与洁白、浑圆的卵石相互辉映下，蜿蜒的知本溪看来明亮而优雅。岸边又有浓郁的原始森林烘托，更使它迤逦出台湾阔叶林特有的粗犷与壮丽。

我走到一座防沙坝前，不意发现溪岸旁有一道鱼梯。以前的水坝或防沙坝多半无生态观，兴建后犹如人体的血管遭到堵塞，血液无法正常流动，严重性自可想象。筑坝必须考虑鱼梯的存在，溪水始能畅通无碍。洄游性的鱼虾抵达水坝，无法前进时，才有机会从侧旁的鱼梯继续泅泳，回到上游的家乡，或者下抵河口产卵。

缘于这个认知，日本人占据台湾时期，在溪流筑坝时往往会考虑到加设鱼梯。台湾人开始懂得兴建鱼梯，却是晚近六七年环保意识兴起才有的观念。

在这个偏远的乡野，能够见到鱼梯，我有着莫名的感动。特地爬上水坝墙，阅读建筑的碑文，原来是林务局于 1988 年竣工的。

但我发现，不知是洪水的冲刷还是游客乱丢垃圾的关系，鱼梯出口的地方，被鹅卵石与许多宝特瓶塞住了。由鱼梯流出来的溪水，最后宛若地下水渗出，鱼虾根本没有上溯或下行的机会。整条知本溪的鱼虾来到此，恐怕都因了这一小小的不幸灾害，无法完成未竟的旅程，溪流本身也不能维续既有的溪流生态。

春天正是繁殖期，鱼虾往来特别活络。不知这个堵塞的情形有多久了。端看手表，离开会还有一个小时，干脆挽起衣裤，锻炼一下体力，将一颗颗重达二三十公斤的鹅卵石挪开。同时，把夹塞在鹅卵石间的宝特瓶、铝罐与塑胶袋捡拾干净。不久，终于清理出一条水流汩汩的小沟渠。溪水从鱼梯奔出的哗哗声，也清楚而畅快地流过我的胸臆。

想到自己来到异乡，意外地，让一条陌生的小溪流重新恢复生命的活力。那天之后的旅行，一直保持愉快的心情。

回到台北，看见阿一出门来接我，我也兴奋地抱起他，高举过肩。过去在野外旅行，看多了自然山川的破坏，面对你们，我始终怀有微妙的愧疚感。这回才稍感释怀，隐然觉得终于做了些有益的事，具体地保留下一份小小的财产给你们。

冬山河之旅

在兰阳地区，爸爸和何华仁叔叔最喜欢旅行的一个地方，应该是冬山河与兰阳溪在河口交汇、冲刷出来的那一片冲积平原。

这块平原相当开阔，六七年前我们来时，还是一块荒凉的废地。不只有野兔与鼹鼠的踪迹，还有棕三趾鹑、短耳鸮等其他地区较少见的鸟类。天空则不时有红隼鼓翼，如风筝般静止，滑翔于天空，准备掠捕其他小动物。

现在横陈于阿一眼前的，却是一块几近被开垦殆尽的大地。种满了地瓜、洋葱等旱地的农作物。废耕的田逐一消失，动物也少了许多，每次一定发现的红隼，也不在天空滑行。

不过，阿一还是能在那边尽情地跑步，因为那儿没有车子往来，摔倒了，最多也只是沾一身泥巴而已。

有只乌秋站在一辆停放在田埂的脚踏车上。看到阿一跑过去，居然陪飞了一阵。接着，不知为何，很不高兴地飞到另一个枝头怪叫，向阿一发了一顿脾气，大概阿一碍了它觅食吧。

这是乡下的乌秋，栖息环境就是农民的耕作之地。如果是台北的，恐怕就不会如此亲切。在台北，乌秋们都站在高高的电线杆上，偶尔飞下来吃虫，不会跟你这样贴近的。

后来，我们穿过林投丛走到海边。海水正满潮。一只鱼鹰在海面抓鱼，全身潜入水里好几回，结果都扑空而返，意外地把旁边休息的苍鹭吓得引颈竖立，不安了许久。后来，那只可怜的鱼鹰疲惫地没入对岸的荒地去。据说，它整个冬季都在这儿过活。

一般人看到乌秋和鱼鹰的动作，大概以为鸟类在野外自由自在飞行，一定很快乐。但我和何叔叔，两位长期观鸟的人都以为，乌秋和鱼鹰在这里其实活得很辛苦，跟这儿的农民一样。

洒笋寮

年底时，爸爸前往凤凰山，探查著名的八通关古道。这篇短文所附的土灶插图，位于洒笋寮（闽南语）附近。那寮因年代湮远，早已消失。土灶原本有三四个，如今也只剩这一个尚称完好的模样。土灶周围的土壁被烟熏得焦黑，颇像上一个世纪的遗迹，我还误以为是清朝末年清军开路时所留下来的煮饭大灶。后来，爸爸前往古道入口的凤凰山寺探询，寺庙七十多岁的老住持跟我证实，的确是煮笋用的，是三四十年前建造的物品。那它就不重要了吗？也不尽然，洒笋用的土灶在此出现，意味着此地生长着许多桂竹。也许在某个年代里，它和古道也产生特定意义的相关性。所以，我还是将它的模样描绘下来。

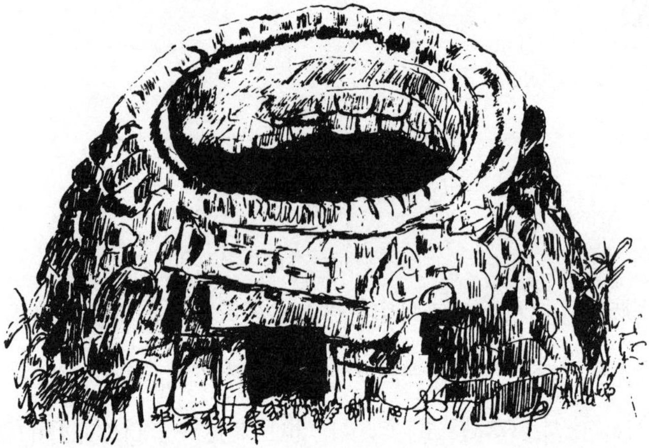

描绘土灶时，突然想起阿一满周岁那年，爸爸曾背着你，一起探勘过另一条古道：鱼路。鱼路从金山直到士林。这几年来，爸爸搜集的鱼路历史资料，远比其他条路线丰富。重要的地段如擎天冈、八烟、磺溪，我们都去过了。

为何会对鱼路怀有如此特殊的情结呢？大概是第一位台湾赏鸟人史温侯以前也曾走过的关系吧！至于，面对八通关古道，则是另一种思古之幽情。那是源自于对日本地方风俗探查者鸟居龙藏、森丑之助、尾崎秀真等人的好奇。

每条古道最吸引人的内涵，往往是从一个人或某些人的故事出发，我们从而对地理环境产生更有意义的解释。缘于对早年这条路上古人的不同事迹或奇特自然环境产生了解与体会，用这样的尺码丈量历史的深度，古道才会活起来。很多像我这样的人，现在上山下海重走古道做勘查，凭借的正是这种历史的情感，进而框出它的现代意涵。

岭 脚

岭脚，闽南语的意思大概是指小山坡、小丘陵等地形和平原交界的地点。这个名词恐怕也是台湾各地最常使用的地名之一。爸爸一直对它深感兴趣，一直想解开某一个基隆河畔旁的岭脚之谜。

它有什么样的魅力吸引我呢？原来这个地方是百年前旅人从淡水、台北搭船上溯基隆河，准备前往基隆港的河道终点，也是转换成陆路的地方。以前，许多外国旅行家在旅行报告中都提到这里，有一个人还形容，到达时，那儿已有数十艘小船停泊。许多人从基隆港挑鱼货来到河边，再转搭河船前往士林、淡水等地。此地距基隆港，只剩四五公里之遥。

二月初时，我抽空到基隆地区，结果在六堵的堵南街靠河边的

位置找到了它，以前附近的街道就叫岭脚路。现在河道上因建有新的大桥，不仅面目全非，码头也消失，长满芒草和竹林了。

据当地人说，百年前的大船抵达此地就无法再上溯，只剩下运煤的船还能前行。下船的人都由此再走陆路，翻山越岭前往基隆。我四处闲逛，发现那儿还有不少间百年前的三合院红砖老屋，以及现在平地罕见的百年雀榕，约两人抱，从村子的水泥空地上冒出。

可是，这儿离基隆还有八九公里远，恐非外国人文中常提到的港口。我猜想，可能还是汉人文献里常提到的基隆河终点站，暖暖下方，位于基隆河边，两座山峡之间的渡船头。那儿离基隆的距离，比较合乎外国旅行家的叙述，而且途中绕过一个狮球岭山巅，两三个小时就可以抵达。

我为何要大力着墨，叙述这一个看似跟生活没什么相关的地方？自己也不甚理解。后来以为，说不定有天，你们其中一位是学历史的，而且会学到台湾的历史，日后田野调查里恐怕也要追溯基隆河上游。它日读到这一段，或者走到此地，想到我曾无端来此，产生一些地理的困惑，或许会更为激动吧。

池边的旅行

一个温煦的冬天午后，爸爸又带阿一去小坡池散步。池边的甜根子草和五节芒都开花了，灰白和红褐的花穗在风中摇曳着，也在余晖里相互辉映。浓绿的野姜花林罗列在它们之后。优雅的白花才凋谢不久，我们已开始怀念那浓郁的花香。野姜花林之后，便是我们常翻越的茂密的相思树林，小绿山。

今天我们不去爬山了，就坐在池边看蜻蜓、蝌蚪、乌龟和大肚鱼，还有等那只小白鹭来池边觅食。阿一才五岁，但因为有了这个池子的存在，提前看到了鱼狗的形容，也提早认识了夜鹭和小白鹭的长相，甚至，还有难得一见的黑冠麻鹭。阿一也听过它幽渺的“波、波——波、波”长鸣。当时选择这附近的社区定居，便是考虑到旁

小白鹭

别名白翎鸶（闽南语），台湾平野最常见的鹭鸶科鸟类，水田等湿地最为常见。擅于以脚探触浅水环境，捉捕水生动物，或者伫立等候猎物接近。繁殖季节，常跟黄头鹭、夜鹭集体筑巢于郊野的杂木树林。

边有一座相思树林子。岂知，进去林子里以后，竟然还发现了这座小池。

一个林子旁边是否有湖泊或池塘，生物资源的差别相当大。如果没有，我们就无法像今天这般，看到蜻蜓和乌龟等水中生物。

但我们今天来池边，并不只是来观赏而已，爸爸也是特地来捡一种特殊的垃圾。每过一阵，总会有些钓鱼客丢弃鱼钩、鱼线和各种钓鱼用品，我们沿着池边总会捡拾到不少。爸爸很担心这些东西，会伤害你或者其他小孩，甚至怕它们会伤害到栖息在池里的动物。以前，有只小白鹭便这样在岸边被鱼线缠住，活活地溺死了。而我们在此散步时，也曾救过一只本土种的斑龟，它就是被任意丢弃的鱼钩勾住的。

我们挖了一个很深的土坑，把捡来的垃圾埋进去。这样我们继续在岸边散步，心里就觉得踏实多了。虽然我们一直未等到熟识的那只小白鹭，但我们还有明天、后天，以及未来。它还会回来，继续在我们的池中，安心而快乐地生活。

背包里的食物

爸爸在野外从事自然观察旅行，经常整天都在林子或海岸不停地走路，直到黄昏才结束一天的旅程。走路时程长，我的背包里自然会准备一份中餐，以免半途找不到餐饮之店。有时为了尽兴地观察动植物，还可能一边观察一边进食。爸爸的中餐是什么呢？很简单，往往只是一球饭团，或者是一盒掬水轩饼干，有时连食物都省了，只带一包巧克力补充体力，再加上一壶开水。我固定带的那口水壶，五十元一个，登山用的白色长方形塑料壶。

何华仁叔叔也是个不在乎吃的人，印象里，他带的好像也跟爸爸差不多。有时甚至忙得没时间进食，都是下午赏鸟结束了，才去有人烟的地方找小店果腹。

在基隆经年观察老鹰的“鹰人”沈振中，更是教人不可思议。他外出的中餐，往往只是口袋里的一个苹果，以及一壶自己做的苏打水。

虽说带了中餐，爸爸有时也不急着吃。因为到山里，看见了悬钩子，嘴馋就吃它，背包里的中餐干脆当晚餐。但悬钩子这类野果的酸味儿，现在的孩童吃多了城里的商业食品，是不会喜欢的。让你们到野外采了吃，老实说，恐怕也无法像我们小时那样，真能尝出那种野味的淡甜。

连最甜的桑葚也一样！阿一就吃过一次，吞进第一颗时，你眯着眼，似乎还能接受这种酸甜，但是好奇地再要第二个，勉强吃了后，就毫无乐趣。唉！从你对野果的好恶，我隐隐感觉，现在的孩子大概不容易浸淫山林，丰富地体验到一个比较完整的绿色童年。

野溪纪行

它叫野溪，一条多鹅卵石和急湍的小溪流，静静地从海岸山脉流向太平洋。爸爸背着背包小心地牵着阿一，慢慢地沿着溪上溯，时而踩踏着鹅卵石，时而涉水跨过。我们的四周还有二三十位家住花莲市的小朋友，以及他们的爸爸妈妈。小朋友们都带了捕虫网、昆虫箱。他们若捉到任何不认识的动物，都会带到我面前，让我鉴定。我虽然比小朋友懂得更多生物知识，足以当他们的老师，但头一次来到这条陌生的溪流，也是一次很新鲜的野外学习课。

小朋友们捉来了鲜艳而漂亮的大型叩头虫，小绿山没有记录的日本树蛙、褐树蛙，叫声奇特的暗绿色台湾骚蝉，以及小绿山只记录过一回的短腹幽蟌。还有，图鉴里都未提及的新类型步行虫。除了辨认种类，爸爸也教他们如何以绘本素描物种，用笔记本记录内容，还有各式采集的知识和规范。

这趟旅行是当地小朋友们的爸爸妈妈们合办的。他们希望自己的小孩能在大自然的环境中长大，所以每个礼拜六，都会邀请自然学者或专家到花莲演讲。隔天再到一个近郊的场地，实地了解自然生物。譬如，先前他们邀过鸟类画家陈一铭讲解过日本树蛙的习性、昆虫学者范义彬前来鉴定各种昆虫，还请过知名的贝类专家赖景阳到花莲海边捡拾和解说贝类。

我深信，这样的知性之旅，将来在台湾各地会兴盛起来，这不只是自然生态保育教育愈来愈重要的原因，更大的意义在于，许多父母亲发现，让小孩在大自然里成长的必需性，并不亚于去学钢琴、英文。只是城市的文明无法提供完整的自然符号，唯有在野外的环境，经由现场人文与生物知识的熏陶，小朋友才有机会接触更多的面向。一边溯溪，一边想着这趟意义非凡的旅行，再回头看看其他家长，正小心地引领他们的孩子涉溪，爸爸牵阿一的手，当然也抓得更紧了。

铁路旁的野花

有一回，我们开车到八堵旅行，车子慢慢跨过铁轨时，阿一兴奋地大嚷着：铁轨！

爸爸这才想到，帮阿一和阿和买了许多跟火车有关的玩具，也带你们去新公园邂逅过真正的蒸汽火车头（我特别注意，整个西海岸的纵贯线已经没有这种蒸汽火车头在行驶）。但我一直忘了，未曾带你们去看过真正的铁轨。于是，我选了一段比较安全的乡野小路，把车子停下来，带你们去铁路边散步。

为什么特别选这个地方？另一个原因是，小时候爸爸和叔叔上学时，都是沿着铁轨旁走往学校上课。但我们不曾走在铁轨上，那是非常危险的动作。尤其是现在，火车的速度更加快速，眨眼之间就从远方开到你眼前。爸爸很小心地带你们走在铁轨碎石堆外的小路边。

这一冬末春初之际的暖和日子里，路边的草丛长了许多野花。有花朵洁白叶子对称的咸丰草，一次开出十几枚如小太阳般花的黄鹌菜，一株株绿色花柱的羊蹄，含着红蕊低垂的昭和草，淡紫色如小棉球的紫花藿香蓟，花团锦簇的马樱丹，以及冒出黑色浆果的龙葵等等。以前我们常摘龙葵的果实吃，但要小心，它吃多了真会拉肚子。走在铁路旁，突然想起一首年轻时写的诗，大概是说，故乡什么都变了，唯一没有变的是铁路旁的景色。

因为它的不变，我更要带你来。更因为这样不变的风光，春天的铁道依旧最美。爸爸从小就认识它们，带你到那儿走走，也是想让你一起体会这种淳朴的自然景观。只是这个科技猛进的时代，什么都有可能改变。我很担心，下次连这种自然景观都会消失。

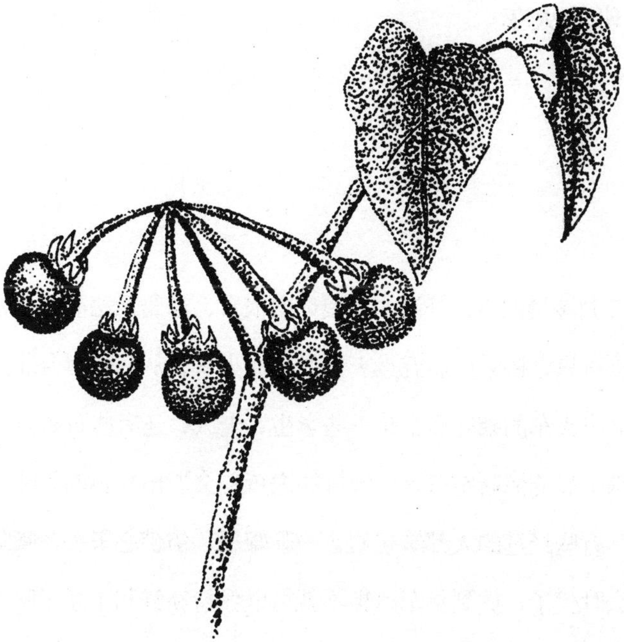

龙葵别名为乌甜菜，南部菜市场最常见之野菜，郊野亦相当普遍，微甘带苦。浆果黑熟后，亦可食用，但不宜多食。

最早班的火车

等到凌晨四点，外海的风浪依旧很大，渔船无法前往北方三小岛。爸爸只好搭乘清晨五点十分的普通火车，从基隆回台北。搭乘这班最早火车的乘客多半是一些学生、老人，还有些鱼贩。车厢里虽溢满早晨的清新空气，鱼贩挑的海鱼总会飘出扑鼻的腥味，并不好闻。有些经过的人都皱起眉，一脸嫌恶，仿佛心里头在嘀咕，这都什么时代了，放到货车冰柜不就可以保持新鲜和干净了吗？为什么要搭乘这班又慢又简陋的火车呢？

爸爸也不喜欢这种鱼腥味，却感触良多。很多人可能不知道这些渔获的历史意义。鱼贩们正准备挑到八堵、七堵、汐止等地去零售，甚至远到台北。百年前在此的渔民，他们的祖先也是这样挑着新鲜的鱼货，搭乘着这条满清时代全中国最早建好的铁路，前往北台湾各地去贩卖鱼货。一九九〇年代，在这最早的一班火车上，仍有些鱼贩继续承继着这个古老的传统，我是很感动的。

现在，爸爸和两位叔叔也坐在这班火车里。一夜未眠，我们都累得快睡着了。两位叔叔是谁呢？有一位正在主持鸟类系放工作，替许多鸟类套上脚环，努力做记录研究。除了野外赏鸟，有一天，爸爸也期待你们有机会接触这门功课，直接去面对这种飞行的生命体，了解它们的羽毛和身体的构造。那是和用望远镜隔着一段距离搜寻截然不同的奇特经验。从系放里，你应该能更深刻体会一个陌生生命存在的意义。

另外一个朋友，每个月都带着十六厘米摄影机，到兰屿拍摄兰屿角鸮的自然生态纪录片。他也经常到基隆拍摄老鹰和其他猛禽。对他或者很多资深的赏鸟人来说，没有其他鸟类会比猛禽的神秘生活习性更能吸引人，进而选择作为一个长期的观察主题。这趟未竟的旅程之后，他们都要继续到台湾各个角落做系放、拍摄的工作，我也会继续回到小绿山做长期调查。

清晨天亮时，我们将回到台北分手，继续在自然观察的旅行里往前。此时看着对面的鱼贩们，竟有一种悲凉自心里浮升。我们引以为傲的自然观察，是否也像对面这些挑渔获的鱼贩们，百年之后竟无良好的环境让人在台湾从事？假如是，我日后归土，恐怕会难以长眠啊！

铁路餐盒

大约十年前，有一位中年作家曾写过一篇小品，回忆自己每次回台湾搭火车，总是想办法搭乘近中午或黄昏的班次，因为他最怀念的就是在火车上吃饭的情境。可是，当年那种用铁盒或薄木片盛装的、风味绝佳的便当，日后却再也未吃到过。

最近爸爸不时旅行远地，从事自然观察，搭乘火车的次数相对频繁。或北回线，或纵贯线，填饱五脏庙的民生大事，泰半在火车上解决。对这篇小品的美好记忆，遂常成为进餐时的精神佐料。

上个月，在火车上买了六十元的便当后，还特别将现在的铝箔制餐盒仔细地研究了一遍。当天，我买的是由餐旅服务总所台中餐厅制作，饭盒里有排骨、豆皮、酱菜、海带与菜脯蛋五种。

铁路餐盒通常都交由各地的铁路餐厅负责，水准参差不一，但大致说来饭盒里的内容大同小异，永远以排骨为主。这种排骨饭根据我的查算，少说也有近四十年。这期间，听说铁路局也曾经试着改换口味，加入牛肉饭、蔬菜饭或者面食，却乏人问津，远不如前者的销售量。

为什么排骨饭特别受欢迎呢？记得以前有位铁路局的员工曾在报纸上提过：“一大块排骨放在饭盒中，大家感觉比较实在。”这可能也跟过去的生活比较清苦、简朴有关吧！我还记得，排骨饭里的蛋多半是卤蛋，因为卤蛋可以切成半个，荷包蛋或菜脯蛋似乎不好如此偷工减料。当天，我也问过旁边的旅客，吃完觉得如何，他的感受和我一样：饭粒很硬，卤味甚重。

“卤味甚重”也其来有自。十年前，为了铁路餐盒，还曾经有民意代表向铁路局质询，为什么火车上卖的盒饭越来越难吃了？许多人都怀念更早年铁盒装的排骨饭，怀念那热腾腾的饭香和卤得色味俱佳的排骨。

有阵子，铁路局便仿照更早年制作盒饭的方式，在白饭中添加较多的油拌和。可是，旅客们抱怨如常。铁路局只好竖白旗投降了。他们的结论是：“我们的餐盒品质并没有降低，而是生活水准提高了。”这话若说得更白就如先前我的判断，以前大家生活拮据，能吃到排骨，自然津津有味，现在大鱼大肉习以为常，排骨饭反而让人感到油腻。

虽说油腻，不知为何，我总是觉得东海岸的铁路餐盒比较好吃。经常旅行的焦桐叔叔对铁路便当也有至深的情愫。为此我特别问过他，他的回答潜藏着中国式的虚无：“因为东海岸的风景好。”据云，幽默大师林语堂生前最喜欢的就是这种生活旅行。

爸爸似乎也有这种无法抑制的浪漫，总是坚信越小的城镇，便当的风味越佳。所以旅行中最好的便当是在池上买的，阿一和爸爸去东海岸时，一起吃过好几回。每回到东海岸，一接近那里，便难免兴起一番眷恋，进而喜欢起池上这个小镇了。

平原之旅

一个燠热的夏日，爸爸搭公共汽车，有点漫无目标地旅行。接近台大时，却在一处绿油油的水田下车。为何要在那儿走路？真的不是很清楚，只因为每次经过都觉得，在台北这个城市里，有一块这样农作的绿地存在是很美好的事，如果有空就应该去拜访，才不会辜负了它的存在。我想，今天就是这个日子了。

跟从事其他工作一样，自然观察也常有挫折和灰心之时。最近，常去的小绿山有一连串观察上无法解开的谜题，害我陷入一个自然观察的低潮期。到这个不知名的农地走访，或许也能借着不同的生物相，摆脱一些困境吧！

我沿着田埂边的一条小溪散步。溪边长有一排苦楝、构树、野桐、乌桕和山黄麻。除了苦楝外，其他树种都是小绿山周遭也十分常见的低海拔乔木，但这儿似乎生得较为壮硕而好看。大部分的树都开花、结果了。

盛开着红色浆果的构树，吸引了许多大小型的花潜金龟集聚。这种甜美多汁的果实阿一也吃过，有一种类似橘子酱的甜味。一棵开着绿色花蕊的乌桕，正吸引许多种长脚蜂采食花蜜，带回到它们如纸做的蜂巢。而山黄麻呢？也有好多种椿象栖息上面，光是那儿的椿象种类，已经难倒我，跟小绿山的昆虫一样麻烦，可能得花上好一段时间，才能逐一查证清楚属种。

简单地观察结束后，我打开饭盒享用中餐。饭后，靠在一棵黄槿树边，安静地享受着这种位于市区中心，却远离市嚣的田野之景。熊蝉正“夏夏”叫，稻浪也随风徐徐而来，锦鸲则发出节奏响亮的鸣啼声。一群玳瑁蜻蜓拍着美丽彩斑的翅膀，缓缓地飞舞，伴随着各种色彩的斑蝶，穿梭于水田间，仿佛为我编织着一个绚烂的仲夏之梦。如此感性，当然难以消解我的低潮，但重新出发的心情已经调整好了。

山里的吉普车队

最近，爸爸前往北部山区一处泰雅族的村落旅行。这个村落位于交通偏僻的山谷，一般车辆难以抵达。当地的泰雅人要外出，都要靠越野型的机车或拼装车往来。我投宿在小学教室。翌日清晨，还未睡醒，听到外头传来巨大轰隆的声音，好像坦克车过境般，连窗子都不停地震动。

过去在山里小住，从未有如此的经验，我以为发生了什么大事，急忙冲出教室观看。村人们也纷纷惊醒，走出来瞧个究竟——原来是一大群吉普车鱼贯进入村子来。

开吉普车组队到野外冒险，这是最近兴起的户外休闲活动。如今台湾到处都有吉普车队，一遇假日即呼朋引伴，到各地去游玩。

前些时有一部电视广告片，一辆吉普车孤立在美国西部空旷荒野的巨岩上。吉普车意味着美好的流浪，可以轻松跟偏远的荒野为伍。这种吸引人购买吉普车的广告诱因，促发了许多人享受驾驶它横越乡野的快感。在辗树压根，无坚不摧，如入无人之境的便利下，台湾吉普车的行迹也无所不在。凡是有森林处，几乎就有它们的踪影。吉普车载着他们抵达过去难以到达的地点，实现了过去绝不可能实现的野外旅行。

可是这里不是美国，没有地大物博的空间，让吉普车驶在那儿可以小如沧海一粟。台湾是一天就可以由北跑到南的小岛。不管现在或未来，它都没有这个条件与本钱，让那么多的吉普车奔驰于山林中。

吉普车的数量是到了应该有所管制，也该有所限量的时候。台湾所发展出来的吉普车队，每一辆吉普车上坐着的往往已不是一群喜欢户外活动的人，多数搭载着一群物质富裕、精神生活匮乏、无地发泄情绪的中产阶级。他们跟偷砍木材的山老鼠相似，是另一种类型的山老鼠，逐渐变成危害森林的严重威胁。

村落中的这个车队，我初步估算有多达二十辆吉普车，每辆都沾满厚厚的沙尘，每个人也都人手一只大哥大。他们已在野外旅行了一段时日，在这里补给、保养后，马上又要深入山区。可是，更进去的山区只有一些荒废的产业道路，根本没有车子可以行驶的空间。但是他们信心十足，就是要横越这些难以穿越的山径到西部，完成他们的雄心壮志。

等用完早餐，这队吉普车出发了，轰隆的车声与车上喧闹的热门音乐再度响彻山谷，又把村人惊动出来。吉普车朝山里迅速驶去，远离很久以后，山谷里面仍有车声振动的感觉，穿透我们站立的地面，清楚震到脚跟。

又有一处森林在惨遭他们蹂躏了。

冬天的林子

春雨还没来以前，有一天黄昏，爸爸趁着连续干爽且暖和的天气，带阿一到小绿山观察。这时的山路比较不泥泞，也没什么蚊虫会来叮咬。

这是阿一第二回走进小绿山。上一回你才三岁半，爸爸牵着你的手，慢慢走过去。这一次，爸爸故意不牵了，让你在前面走。爸爸一直看着，有好几次你都差一点滑跤，摔倒，但我都故意不伸手扶你，让你学着在崎岖的山路平衡自己，通过那幽暗而阴森的森林，期待着你独自穿过这座小山。

我在你背后，一边看着你穿过，一边想起去年初春，跟一个布农族的朋友前往中央山脉的往事。那一次旅行，他也带着自己的孩子，准备回到昔时部落的森林去过夜。他的孩子叫托依望，才大阿一一岁。五岁的托依望一路蹦跳，跟我们走了十来公里的路，一点也不觉得疲倦。朋友到了目的地，便向山里的祖先默默地祷告，他把孩子带来了，希望祖先们保佑他。那是他第一次带托依望前往山里，这是一个布农族小孩成长的仪式。我在旁观望，心底浮升悄然的感动………

终于，你安然地走出了森林，抵达明亮的池边。当然你不知道自己到了。这时我心里又浮升一种从没有的快乐。无庸置疑，带你到小绿山，应该也是我希望你成长的一种仪式吧！

植物篇

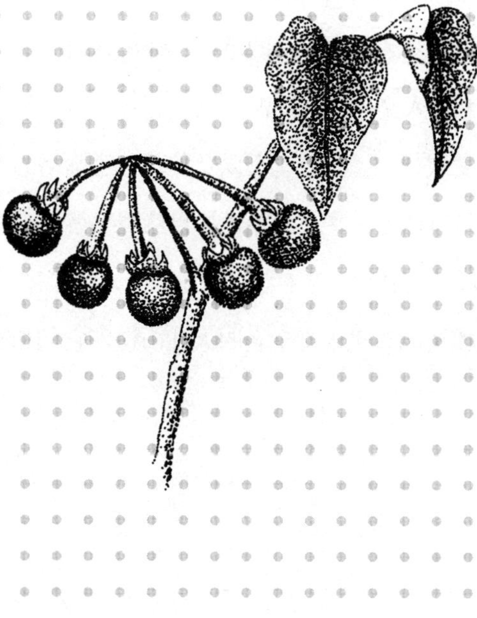

大叶山榄与平埔族

前几天，爸爸在冬山河畔旅行，拜访了传说中马偕医师亲手栽植的橄榄树。

陪同我前往的友人是位赏鸟人，叫吴永华，他是在地的资深观鸟者，对地方文史很娴熟。所谓在地，可以如此定义：他的观察地点一直集中于家乡。在有限度的范围、经年累月地走访，从事定点的自然（甚至是人文）旅行调查。

如今他变成最熟悉宜兰鸟况以及苏花古道脉络的人。台湾目前最需要的就是对地方人文充满关怀的自然观察者，帮助我们对自己的土地做更深层的认识。

这些橄榄树的真正中文学名叫大叶山榄。它们和平埔族间似乎有很密切的关系。在冬山河畔，凡有平埔部落，就有大叶山榄生长。它也有一个俗名“马古公”，不知是否为平埔族语。前些时候，有位植物学家告诉我，平埔族以前常拿这种树的球形果实当水果吃。

我观察的那几棵，位于婆罗辛那瓦（今天的新店村），都有上百年的历史。树身已爬满青苔，充满岁月的沧桑。

我喜欢它们的长相，不只因远远就能观看到它们优雅的树影，还包括了一种大树与人产生的互动关系。这关系不全然是经济的依存，一如早年的汉人砍伐樟树，榨取樟油，而是像其他大树，如榕树、茄冬、猪脚楠等一样，被视为某种精神或宗教信仰的慰藉。

欣赏大叶山榄时，旁边刚好有棕背伯劳发出清亮的粗声鸣叫。棕背伯劳在宜兰经常可见，上回阿一和爸爸来时，就看到不少。

我好奇地问吴永华，这种鸟和当地人的关系。他说，棕背伯劳是噶玛兰平埔族旅行的占卜鸟。

另外，还有一种鸟是他们早上起床的报时鸟。你猜是哪一种呢？阿一还记不记得，上回在冬山河口的草原，有乌秋在旁边飞来飞去，和你一起玩耍？这种就是平埔族的报时鸟。

那么多鸟种，平埔族人为何会选这两种鸟？我个人猜想，因为它们在宜兰平原最为常见。一种乌亮如黑金，一种斑斓如枫红。宜兰的赏鸟人相当重视这个传统农业社会的习俗。在它们之中，想选出代表会鸟和县鸟。几经考虑，后来择定棕背伯劳，大概是考虑到它的色彩比较漂亮吧！

马拉巴栗树

年底时，爸爸沿着基隆河下游右岸的平原旅行。那儿叫洲美，结伴前行的人是眼力甚好的鸟友林金雄。抵达一处水闸门时，林金雄指着眼前一块横向基隆河的乌浊泥地，兴奋地说，他和其他赏鸟人在这儿见过两次黄鼠狼。

黄鼠狼！老天，我当时真不敢相信耳朵听到的是这一种动物的名字。我始终认为，这种还维持一定数量的掠食性动物，多半栖息于一千米以上的山区。台湾的哺乳类动物书籍，都如此记录。我见过两回，是在近三千米的高山上。但基隆河畔？我委实难以相信，它会出没于这个近都市中心的郊区。如果台湾是注重保育的地区，相信媒体一定会大抒特抒一番。

会不会是黄喉貂呢？翻查过相关书籍后，再次和林金雄核对，他依旧坚信是黄鼠狼。因为最初邂逅时，他们几个人就兴冲冲地仔细查证过了。

林金雄的两次经验如下：有一回，黄鼠狼从泥沼地缓缓爬出，通过车辆往来颇为繁密的柏油路。接着，不疾不徐地跑上堤防，翻入靠河的田地，再躲进沼泽的密林里，整个过程为时约一分半。

我听了，心里羡慕地大喊，真长！好过分的时间。

另一次，时间较短。有只黄鼠狼出现在废田上，跟他们做了短暂而毫无惧意的对望，再迅速没入草丛。

最教人羡慕的是，这两次遇见的时间都近中午，并非晨昏。呵！我愿意以十种稀有鸟种的发现，交换这个在平地发现的记录。

不过，今天来的目的并不是为了看黄鼠狼，我是来看喜鹊的，林金雄在这里发现了喜鹊营巢。后来，我们回到一座小溪迤逦流过的老庙前。它的正对面有处人工密林，那儿种植有刺桐、榕树与马拉巴栗，还有一种海边常见的树种，结有比核桃大的硬果，我尚未辨识出名字。

喜鹊将巢筑在高大的马拉巴栗上，跟我过去见过的喜鹊巢一样，都是用粗大的枯枝，简单地搭盖在树顶端的分叉处。过去见到的那两个巢都是盖在木麻黄上。这一个比它们都隐秘，而且因为是一人抱的大树，牢固许多。过去的那两个巢，若有暴风雨侵袭，都有被吹垮之虞。我在马拉巴栗树下仰视许久，具体感受它的壮硕与屹立，很高兴喜鹊能找到这么好的家。

在那儿素描巢位约一个小时后，仍未见到喜鹊出现。耐不住性子，开车去田里四处寻找，结果只有一只红隼在空中飞翔。没关系，我打算有空便来这儿逛逛，这儿将是明年旅行的重要区。我不仅想看到喜鹊营巢的情形，还要去跟黄鼠狼请安。

木　薯

初冬时，我们全家陪阿嬷到一座小山。

我一边散步，一边跟阿嬷和妈妈讲解各种熟识的花草和昆虫。这时，阿嬷突然指着一种植物，兴奋地说："啊，这一棵，我认识，它叫树薯。以前的人常挖它的根煮来吃。"

乍听到"树薯"，我吓了一跳，因为以前外国旅行家前往东台湾时，曾描述过一种排湾族使用的植物染料，便是用树薯制成的。难道中部也有出产？接近细瞧，原来只是一种俗名相似的植物。阿嬷指的是一种北部并不常见的农作，木薯。

那天阿嬷还念出好几种植物的名字，诸如昭和草、龙葵、山萵苣等。阿嬷会认识它们，除了这些植物是小时生长环境经常接触的外，还有一个很重要的原因：阿嬷的少女时代正逢太平洋战争，那时没有什么民生物资，连白米饭都是配给。一些乡野的野草都被摘采来佐餐，自然就认识了它们。

当年树薯也被推广，栽植于低海拔山坡地，作为养猪或制造味精用。这种带有毒性的树薯，过去也常被人挖来制成番薯签，泡水后，小心煮食。现在物质丰裕，变得没有经济价值，愈来愈少人利用它，遂逐渐被淡忘，退居到山脚一隅，恢复成野生状态。但经由阿嬷介绍，我对它顿时有了不同的感情。

日后，在你长大的过程里，我应该也会不自觉地向你介绍一些常见的植物。或许，他日我不在人世，你在野外邂逅时，应该也会有我这样回忆的温暖情境。

木薯

别名树薯，根部可食用，早期多制树薯粉。很多粿食制品都会用到。以前中南部也有种植，我亦扛负过，很辛苦地打工。树薯收购价格不高，后来多从国外进口，已经很少人栽种，泰半沦于野生状态。它的嫩叶亦可食用，但得浸泡和煮食久一点。

黄槿林

爸爸和阿一沿着淡水河口南岸旅行，那儿有一片大面积的黄槿林，紧紧环绕着渔村。

黄槿林是台湾海边农家常见的植物。这片黄槿林跟其他黄槿林并没有什么不同，只是平均年岁大了许多。有的树身盘踞如榕树，也有的如茄冬树外皮之斑驳。两种老态都明显失去了黄槿树身既有的、充满理性线条的美感。

这样充满沧桑的形容虽不好看了，却非一般黄槿林的碧绿所能取代。一般黄槿林要成长到这样老成，恐怕也得有上百年光景。

同样都是生长在海边，为何这里的黄槿特别垂老？原由很简单，它们所环绕的村子迁居到此已有两三百年的历史。这些黄槿林是村人来时，一并悉心栽种的，形成一排排阻挡海风的防风林。村人则利用防风林间的空地耕种，栽植一些旱地的农作物，诸如地瓜和竹笋。

旅行者也不难注意到，以黄槿林环绕的小村，村头村尾都有土地公。村头出口的福德庙旁，立着的更是最老的一棵黄槿。从这里即可想而知，黄槿和这个村子间存在着多么密切的关系。

如今在北海岸其他地区的黄槿林，若不是日据时代，便是后来政府有意栽植的。其间或也有野生，但无论如何，在年龄上都年轻许多。这种台湾海边最庶民的乔木，若有野生较大株的，在各地乡镇开发下，恐怕都难逃被砍伐的命运。

由此乡镇开发的观点来看，这片黄槿林能以很大片的、很老的年纪活络地存在海边，且依旧健壮地伴着淡水河南岸渔村，存藏在里面的人文风俗，想必是相当丰饶的。

福　菇

有一年春天，在前往东海岸瓦拉米的半路，走到一处无人的溪边，寻找高山鲴鱼时，我在半山腰的石缝里，巧遇了一种造型诡异的菌菇，高约十五厘米。

俯身近看，随即嗅闻到一股恶臭味从其身上发出。但那奇怪的味道却吸引不少苍蝇、蚊蚋的集聚。后来我查出，它叫鬼笔菌。这一棵菌头乌浊而黏稠，菌伞呈镂空网状，肥大的菌柱下方还有菌托包裹。这种菌如今在野外并不常见，多半隐身于绿竹林里。发现后，我兴奋地转身爬回桥头取相机拍摄。可是等我再回去时，它已被其他随队的朋友踩毁。朋友以为是不祥之物，看到了令人不悦，遂有此莽撞的举措，让我扼腕不已。最近我在住家小绿山

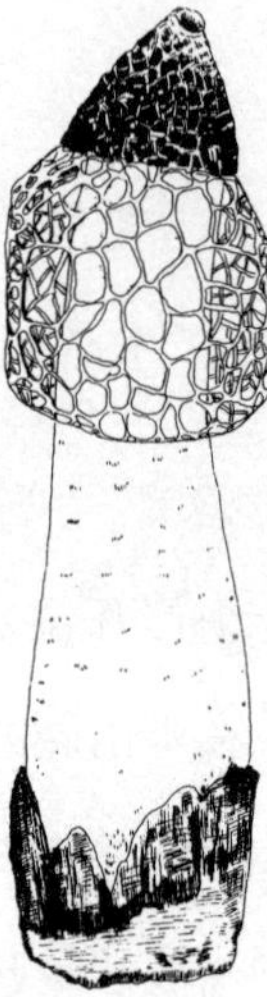

长裙竹荪

别名鬼笔菌，市场上称为竹荪。全株高约15到18厘米，顶端有暗绿色黏液，会散发出臭味，吸引昆虫来叮食，借此传播孢子。菌盖下有网状裙，遮盖住菌柄，像女人遮脸的面纱般纤细精致，又带点神秘感。由于常在竹林内发现，故称为竹荪或竹笙。在小绿山周遭的绿竹林偶尔可见。

附近，因看到类似的鬼笔菌——不同属种——才想起了这段往事。

这种野生的鬼笔菌，其实是很好吃的一道中国名菜，叫竹荪，已经有人专门种植、栽采。但一般人吃时，多半是晒干的样子，所以认不出来它原来的外貌。像我这样能在野外遇见，且生长于石头旁缝隙的情况，想必很少见。

这棵的意义又在哪里呢？一，这种鬼笔菌选择生长的地点往往很挑剔，原则上只长在土地肥沃的环境；二，雨水足够的梅雨季之后，才会生长。所以能够遇见它，应该要感谢上苍。它的出现代表着，所站的土地依然富饶，雨水仍然丰沛。

如此这般，我们如果再遇见这种外形最丑陋的蘑菇时，不要再以讹传讹，误以为是不祥之物，请视为福菇吧！这是上苍继续厚爱我们生长土地的指标。反观之，假如在野外始终看不到鬼笔菌时，那才是一种悲哀呢！

一个植物学家的台湾之旅

爸爸最近拜读了一本奇特的旅行书，叫《台湾植物采集记》。

这是一位英国植物学家普赖斯（W.R. Price）百年前的回忆录，主要描述他二十六岁时（1912年）在台湾高山采集植物的旅行见闻。

那个年代的台湾，交通非常不方便，纵贯铁路才刚开始通行。苏花公路尚未修建，从基隆到花莲必须搭船前往。阿里山铁路也不过筑了一半。若要前往终点的沼平，还须攀爬好长一段山路。连台中到南投这么寻常平坦的地方都没有公路，居然要两天一夜夜宿草屯的行程。

这些地点，他几乎都是用走路完成采集的工作，并且在旅馆撰写翔实而细腻的旅行日志，把当时的景观风物逐一记载下来。

当时日本和原住民仍处于作战状态，危险性依旧存在，他的许多采集工作，却是要到那些高山地区才能得到物种标本。日后，普赖斯又有许多国外的植物研究与采集工作，但未再有一次旅行像这回台湾经验这般弥足珍贵。

十九世纪六〇年代末，普赖斯八十岁时，又来台一次，重新走访他曾经旅行过的大岛。不为什么，只因这次年轻时出生入死的旅行意义非凡，自然资源独特的台湾已是他的第二个故乡。

爸爸告诉你们这一个故事，也是希望有一天，你们能在年轻时，运用成熟的人文地理知识，选择一次在岛上的长途旅行，进行自然观察或知性之旅。设计一条新路线，或者重走一条别人走过的路，甚至是我查访过的那些古道，我都觉得饶富意义，相信这样的成长对生命也充满启发。爸爸最大的遗憾便是，年轻时不曾有过勇敢的梦想，以及早熟旅行的能力，进而去实践如普赖斯这样知性的壮游。

大树之歌

冬末时，我们去北海岸拜访一位爸爸的老朋友。

它的年龄比阿公和爸爸的年纪加起来都还大。至于到底有多老，我也算不出来，也不想猜了。反正，它看起来还是很强壮，很能生长的样子。它住的地方靠近金山一条小河的河口边，是看着金山镇长大的一棵大树。

它是什么样的树呢？它是一棵雀榕。雀榕的枝干通常长有许多肉红色的浆果，平地的鸟群最爱聚集在那儿，所以它应该也有许多鸟朋友。河口附近还有许多雀榕，树龄都和这一棵差不多。感觉上这个河口应该是一个大树群生的地点，就像象群集聚的泥沼地一般的情景。

雀榕

常见麻雀啄食其果，故名雀榕。其实，许多野鸟也爱吃，故而又名鸟榕。平野到处可见，一年落叶两三回。不少百龄老雀榕因伫立位置特别，而且生长粗壮，在地人常盖庙做伴，形成乡下重要的公共空间和自然景观。

这棵基部足足可让六位小朋友拥抱的大树，叶子已经落得一干二净，只剩肥胖的躯干和枯枝伸向清冷的天空。以前爸爸和何华仁叔叔去金山赏鸟，都会顺路去探望它。有一次，我粗略统计了一下，还有十来种野草寄宿在它的身上，诸如酢浆草、鼠曲草、黄鹌菜、马齿苋等。

但附近的人并没有很善待它。他们在它身上缠绕了电线，还挂渔网铺晒。树干间的树洞里，也堆积着废弃的空罐头和宝特瓶。我们仔细探视这位老朋友，它的枯枝已有一些红色的嫩芽，准备挣出天空了。下个月再来，想必会蓊郁成一片树海！

它的旁边还有垂倒的伙伴，大概是枯死一段时候了，又有新的小雀榕自枯树里长出椭圆、浅黄的优雅嫩叶，象征着新生命的孳生不息。

我们把树洞清理了一下，偷偷地把渔网拉下来。然后，在离去前，向老树行礼、祈祷。不知下一回再来看它是什么时候。也许那时阿一已长大，能爬上树肩，站在它的肩膀上，看到湛蓝的海洋。

大树之死——《大树之歌》续篇

每年春天，我都会如约前往金山，拜访那棵大树。一棵可能在清朝初年就出现的雀榕。

去年阿一上中学时，我也带你去过。从幼稚园起，我们就固定去探望它。有一回，我还带了一群小学六年级的孩子前往。他们兴奋地手牵手围绕，结果要六个人才能将它圈起来。

还记得最初时，它的周遭都是泥土，好几种野花野草，像马齿苋、车前草、鼠曲草和昭和草等都曾出现，环绕在它的身边。它的身上还有伏石蕨、山苏花等依傍着。每一年，我们也会帮它从树洞里清除一些有碍生长的垃圾，诸如铝铁罐、锡箔纸和宝特瓶之类。大树旁边的渔村很干净，那些垃圾可能都是游客带来的。

如今孩子们都升高中了，我只好单独前往。以前每次去，我都在想，这回该不会仍是枯树的形容吧？有时我们去，它正重新冒出新芽，甚至还绿叶蓊郁，形成一片伞状的绮丽树海。雀榕就是这种怪脾气，不按时节冒芽，让人捉摸不着，跟它遥望的大海一样。我们只能依着它长什么样子，欣赏它的多样变化。

譬如，有一年春天，它正好结果，吸引了许多白头翁和红嘴黑鹎集聚在树上觅食，整棵树像一座热闹的餐厅，树下也掉了不少大便。可见那几日，大树正在开嘉年华会。

还有一年，大树正好是枯枝的形容，大家想爬到它的身上，就像我在中学课本里提到的情形，想从那儿眺望远方的大海，但有人认为这一举动对老树不好，结果大家吵了起来。总之，我们到金山，最关心的便是它，而不是热闹的老街，或者温泉，甚至是鸭肉、红心地瓜等美食。

就不知今年春天，它会是什么样子，愈接近它，我愈是按捺不住，抱着复杂的相逢心情。但谁也未料到，当我抵达丰渔村，如常转弯探头进去时，赫然发现，老树不见了。原本矗立着大树的地方，只剩下空旷的水泥地，一口深井，以及曾经陪伴它的红砖屋。

怎么会这样呢？我吃惊地倒抽了一口冷气。再趋前一看，老树只剩下残根。残留的树根已经腐朽，被些许泥土覆盖。村人似乎认为这是肥沃的土壤，当下作为菜畦，种满了红凤菜。

我再检视四周，旁边一根连皮掉落的巨大树干正躺在草地里，树上还残留着一些丢弃的垃圾。那不就是大树吗？一棵老树死了，竟然如此草率地处理，真教人难过。

我走过去检视，兀自站着，低回了好一阵，还是不肯相信这个事实。一棵大树往往拥有上百年的生命，更何况是雀榕，经常被视为重要的老树，被村人膜拜，或者被列为保育的树种。哪有这么巧，这棵蓊郁的大树就这样突然辞世，毫无预警。

挨着旁边狭窄巷弄的住家探询，结果遇见了一位老婆婆，无所事事地蹲在门口。她告诉我，老树是自己老死掉的。她还指着旁边的公园说，以前附近也有一棵，也是莫名其妙地死去。

我再回到大树伫立过的位置，仔细看周遭。除了有些变成腐木，还残留一小段树根，透露了；它在死前被白蚁蛀蚀得相当厉害。大树生前，周遭被水泥团团包围，搞不好也是它提早结束生命的原因。水泥是前几年才铺的，我愈看愈生气。当然也有可能是褐根病，这种病像人类的癌症，很多老树都会得。

除此，我实在找不出更好的原因。以后孩子们问到大树时，我将如何回答，是要老实地告诉他们现况吗？大树死亡了，要如何教育孩子比较好呢？

回家的路上，我有些茫然，更有几许失落。但也很感谢大树在活着的最后十几年，让我每回去金山都有机会探望，和它结交为永远的朋友。如今，连死亡之后的状态，到底要如何处置，都提供了让人多样思考的机会。

(2005.2.23)

鸟类篇

小学屋顶上的怪鸟

有一次帮阿一清理幼稚园的围兜兜时，从里面掏出了十几颗像酒瓶罐的果子，那是一种叫尤加利的树的种子，想必你们学校一定有这种大树。

爸爸五岁时，阿公在台中市大同小学教书，全家五口住在学校边角的宿舍。记忆里，那是一栋只有两间小房的家屋，旁边有许多大树。印象最深刻的一棵，就是你捡的尤加利。那时相当穷苦，爸爸、叔叔和姑姑没有什么玩具，常在宿舍旁的这两三棵大尤加利树下，捡拾它们的种子。

每到黄昏，这几棵尤加利固定会有一些大鸟飞来，在隐秘的树丛里咕噜咕噜地叫着。好些小学生常带弹弓来打，可是一只也未击中。他们叫这种鸟“斑甲”，就是鸟书里的珠颈斑鸠。这是继麻雀、白头翁后，我认识的第三种鸟。

还有一种奇特的大鸟，也是那时认识，但一直不知道名字。只记得那时是冬天，它经常孤独地伫立在教室大楼顶的屋脊，羽色灰褐，一副风尘仆仆的样子。那姿势挺怪的，总是挺着胸，却像是打瞌睡般，一站就站好久。仰得我脖子都酸疼了，它仍不走。

二十年后，翻查鸟类图鉴才获知，这种鸟叫蓝矶鸫，属于冬候鸟。农民又叫它“厝角鸟”，我猜想是因为它经常在屋顶、土丘等突出物上伫立之故，而且是农夫们经常看见的普通鸟种。

那个年代，阿公的许多朋友因为政治事件被捕，连小学校都有些肃杀的气氛。这种孤独伫立的灰褐大鸟，遂成为我记忆中一种不是很愉快的景观。年长会写诗时，这种鸟也一直是爸爸诗作里，一种不安、疑惧的象征。

直到阿一出生，我再度看见时，却有另一种心情，说不出来是什么，只觉得温暖多于寒冷。

蓝矶鸫

多数为候鸟，经常出现于中低海拔的海滨、疏林、农耕地。喜停栖于突出的海岸裸岩、屋顶、电线杆等显著处，站姿挺直，常上下摆动尾羽。繁殖期叫声婉转多变。非繁殖期颇安静。在地面活动时，以跳跃方式前进，摄取昆虫、植物种子和果实。

喜鹊之旅（一）

年初五，气象局预报明天起将有一连好几天的寒流来袭，如果按一本最近读过的鸟书 Magpies（1991 年）的报告做判断，这种天气前一天，喜鹊最常在外忙着觅食。

于是十点左右，我又前往洲美武王宫庙，探视那棵马拉巴栗树上的巢。结果喜鹊仍不在家。但庙里的住持告诉我，确实有一对喜鹊常在这儿活动，有时还停在老庙的屋脊上。他常吹口哨找它们，吸引它们来觅食。他还表演给我看，但喜鹊仍未见踪影。

后来，我跑去黄鼠狼出没的水闸门，看看是否有一个美好的机缘，让我能在坏天气之前，碰到黄鼠狼或巢鼠出来找食物。可惜，仍旧没有这个福气。我不死心地朝农庄那儿搜索，但喜鹊并未在丝

喜鹊

别名，客鸟，以前较常见于南部，目前西海岸各地相当普遍，唯东部较少有记录。一般视为吉祥的象征。单独或小群出现于荒野、农地、郊区及城市。适应力强，杂食性，多于地面取食，以昆虫、垃圾、果实等为食。飞行呈直线，振翅缓慢，叫声为粗哑响亮的嘎嘎声。筑巢于高树，以枯枝为巢材，堆搭呈球状或半碗状，雌雄共同育雏。根据文献记载，清康熙年间由大陆华南引进，台湾地区始有分布。我对此一说法相当保留。

瓜棚上。

正午，准备离开洲美时，附近的农田有耕耘机在翻田，一大群鹭鸶尾随其后，在掘过的泥土里找虫子吃。喜鹊也有此一特性，我遂往那儿做最后一次搜索，果然看到一只喜鹊就在鹭鸶群里。我急忙停车，持单筒望远镜出来观望。

走到田里时，那只喜鹊消失了。一时间，十分怀疑，自己是否有了幻觉，头又被冷风吹得相当痛，只好放弃搜寻的企图。

开车从大同电子厂对面的小路回家，试着从那儿瞄这块废田最后一眼。抵达时，背后有一连串的“嘎嘎”叫声。正要回过头，那只喜鹊从乌桕树上飞下来，降落田地。终于找到它们了！我心里一阵狂喜。

可惜，备妥单筒时，一阵炮声响起，鹭鸶群陆续飞走，那只喜鹊也消失无踪。好不容易再找到它时，它正起飞，飞回乌桕上，好像在咬果实。但现在乌桕哪有果实，恐怕是吃叶子吧？Magpies 一书描述，喜鹊夏天时吃各种虫子，冬天时食物缺乏，变成蔬食者，吃叶子并非不可能。更何况，喜鹊喜欢草原远甚于田地，因为那儿有较多虫子吃。但正在翻耕的田是例外，因为泥土底下的虫子都被耕耘机翻出，它也乐得轻松，就跟在后面捡现成的便宜。

另外一只喜鹊呢？正在猜想时，原先那只飞上了竹丛的最高枝上，在那儿做“Tree topping”的姿势，还发出嘎嘎的叫声。过不久，朝关渡那儿飞去，不让我有更多的机会观察。但这样的第一次接触，我已经很满意了，反正，日后还有很多的机会。我现在祈祷着，春天时，它会和另一只喜鹊回到马拉巴栗树上繁殖。

喜鹊之旅（二）

爸爸和阿一去了庙口三回，每次都将洲美绕个大半圈，但仍未遇见喜鹊。它们的住家，那棵高大的马拉巴栗树依旧空荡荡，只有一堆枯枝往外横伸，愈看愈像是个大弃巢。

我们最后去的那一回是正午时分。回家后，爸爸接到一通电话，那天早上，有一群赏鸟人在关渡附近看见它们了，而且还和另一对喜鹊会面。

这个记录有两个意义。首先，赏鸟人已经很久没有在关渡遇见喜鹊了。过去的记录，每次都只有一只，这回却一次来了四只。我记得自己在关渡看到喜鹊，还是十年前的事。第二个意义更加重要，另一对喜鹊，可能来自淡水，因为除了那里，自关渡以北，赏鸟人尚未发现过任何喜鹊的巢。据说，这对喜鹊每年固定在淡水一所学校的大树上筑巢。我依稀记得，诗人画家席慕蓉在散文里也提过这对喜鹊，或是它们的上一代。

前几日，发现庙口的喜鹊巢位时，我就和淡水的那一对联想在一起。喜鹊栖息的范围十分大，如果这两对的位置都没有错误，许多鸟友都隐隐感觉，关渡可能是它们两家的边界。就不知这两对喜鹊的关系如何了，说不定是亲戚，父子或母女两代呢。

我对喜鹊一直有种莫名的情感，除了北台湾非常稀少，更缘于它们拥有对比鲜明的大块黑白羽色，宛若陆地天空上高智慧的虎鲸。

喜鹊之旅（三）

黄昏时，前往新店溪的永福桥。尽管车辆熙攘往来，轰隆声不断，从桥上的位置，无论鸟瞰或远眺，在小山林木茂密、溪水深绿开阔的衬托下，河岸景观绮丽如画。若是仅凭过去骑摩托车上下班匆匆经过的印象，未曾走到现场，实在难以想象这儿会有这番旖旎的风景。

眼前有四五只红嘴鸥在桥下的新店溪来回梭巡，偶尔朝河面伸嘴啄食。好久没有遇见它们了，六七年前，和它们相遇，是在冬天的基隆河口。

记忆里，最深刻的那一回，我站在社子岛的沙洲尾端。河水满潮，漂浮在水面上的垃圾往回流，集聚于河口打转。一群红嘴鸥和小白鹭、大白鹭就在垃圾上空不断地飞舞，寻找食物。

它们离我好近好近，几乎伸手可及。这样的距离让我兴奋许久。我感觉，自然不只是在你身边，而且向你伸出手来。在台湾，大部分的自然现象是从来不给你这种机会的，而是要你主动展开双臂。

正望得出神，桥下有一对家八哥嘎嘎大叫，随即，飞向溪右岸广阔的河边田地。它们和一群八哥、乌秋聚集在一块。像乌秋这样凶狠又机伶的鸟，大概也只有八哥这一科看来凡事大而化之的鸟，才会去和它相处。

不远处，一丛靠溪边的隐秘竹林，有六七只红领绿鹦鹉飞进去。过去看到这种外来种，多半只有一两只，那么多只集聚还是首次观察到。我怀疑，那片竹林是它们夜晚栖息的场所。听说在上游接近景美溪的交汇口，有一对喜鹊，黄昏时一定前往那儿，和八哥、乌秋一齐玩耍。

今天到永福桥，也抱着姑且一试的心理，看看它们是否会从这儿经过。根据这个线索，我试图将淡水河的喜鹊栖息点连成一个有趣的分布图表。但等到落日时，仍未看到它们。看来，它们不是从这儿前往上游赴约的。

我这样认真寻找喜鹊意义何在？自己也不知，大概就是一种休闲娱乐吧！一个人能够拥有某一长年喜爱的乐趣，跟世俗的财富价值无啥关联，应该是有福分的人才能享受的。

我们的邻居，小污

前几天，爸爸带阿一到社区游泳池散步。我们寻找着残留在池壁上的水虿壳。春天以后，积了不少雨水的池子，总是有许多种的水虿壳。这些壳都是水虿利用晚上，爬上池壁羽化成蜻蜓后残存下来的坚硬外壳。

我们同时发现了好几只在池边喝水的蟋蟀与步行虫，还有许多尚未长大的长肢林蛙幼蛙。

正当我们蹲在那儿细看时，突然看到对面的池边来了只白面白鹡鸰。它沿着池边优雅地散步，偶尔飞到池中，利用瞬间踩踏漂浮物的浮力，啄食漂浮在水面的白蚁或者水虿壳，再飞上池岸。

这只白面白鹡鸰，爸爸相当熟识。因为它的肩羽部分有些污浊，所以爸爸帮它取名小污。它是一只雌鹊鸲，就住在隔壁国华山庄一间房屋二楼顶楼的水塔下。它在那儿筑了一个巢。前几天，小鸟已孵出，但雄鸟经常看不到，都是小污单独喂食。

爸爸告诉阿一这么细腻的鸟事时，阿一不免感到疑问很多。譬如，为什么爸爸知道，它就是小污，而且清楚它这么多生活习性？其实，只要持之以恒地观察，勤做笔记，就会获得不少心得。爸爸从冬天时便开始注意到它的行踪。那时，它常和雄鸟相伴到辛亥小学的操场觅食，校门口的警卫都认识它们。他们也帮我留意行踪。有时，它和雄鸟从那儿飞回国华山庄时，会经过我们家屋顶，在那儿停下来觅食。我也请那儿的警卫帮忙注意，他们也乐于告诉我小污的消息。

从去年起，它们就开始在那儿筑巢，相信明年以及未来都会，只要环境没有变化，而它们也依旧健在。一只白面白鹊鸲可以活到十五六岁。如果它们继续住在那儿，等到阿一小学毕业，它们应该还住在我们隔壁，而且生下好几代的孩子了！

白鹡鸰

经常出现于平地至低海拔水域附近之开阔地带、稻田、溪流、道路，以及学校操场。习惯于在地面走动，啄食昆虫。停栖时不停上下摆动尾羽，飞行呈波浪状，边飞边叫。冬季会聚成几百只，大群夜栖于市区行道树上。别名牛屎鸟仔，此名缘自于早年乡下，人们经常观察到其喜爱在牛粪附近活动，捕食飞蝇，故而名之。

倒立生活

在高海拔山区，结束一天登山行程的午后，多数登山客都喜欢捧着热饮，在小屋前休息，静候着山雾从山谷爬上来。除了欣赏山景，一边也纾解镇日爬山的辛劳。

高山小屋不仅是人群集聚的地区，通常也是山鸟喜欢觅食的所在。为何呢？因为高山环境的昆虫、浆果都不若低海拔丰富。人类在此生活都十分艰辛，相信对山鸟亦然。山屋旁，人类堆弃的垃圾，遂成为各种山鸟觅食的重要区域。酒红朱雀、金翼白眉、条纹松鼠、乌鸦等都是那儿的常客。

爸爸在休息时，偏好靠近垃圾场角落，顺便观察附近的林木灌丛。这时是山鸟一天中最后的一次觅食机会，多数会趁此时来此饱

茶腹䴓

广布于欧亚大陆。台湾是它分布的南限，主要栖息于中、高海拔树林。脚强健有力，能于树干垂直上下行走。同时偏好沿大树干做螺旋状攀行，啄食树皮缝隙中的昆虫和虫卵，也吃植物种子。多数时间单独活动。飞行呈波浪状，营巢于树洞或树木缝隙中。在德国，它们常出没于平地森林。

餐一顿。我一天的鸟类观察，也常在此时收获最多。

山雾迷漫前，最先总有一阵山鸟的声音涌至，叽里吱喳，响彻山谷。那种声音不是清晨的清脆鸣叫，含有宣告领域的多重意义。下午时，鸟的声音似乎是在招朋引伴，准备过夜。等山雾完全淹没附近的山景时，林子里的鸟叫也戛然中止，只剩一片黝暗和阴森，冷寒随后而至。

但也有意外，我印象最深刻的一回，是在雪山的七卡山庄。那天下午，山庄还没有登山客到来，多数山鸟集聚在垃圾场。一只比麻雀还小的茶腹鳾，却用它惯有的栖息方式，倒立着走下树干，由山庄大门跟随着斜阳照进室内的光线跳进去，站在偌大无人的走道，朝两边端望了好一阵。再若无其事地出来，飞回林子。对它来说，除了晚餐，好像也想了解为何登山人还没出现。

猫头鹰

爸爸每天早晨在野外观察自然，有一天却破例到远方某一城里的餐厅，参加一个自己获奖的记者招待会。

主办单位在致辞时，我注意到餐厅对面墙壁上，挂着一幅线条造型十分简单的画。仔细注意下面的签名，大概是法国人的作品。画里的主角是只鸱鸮科的猛禽，颇似台湾的褐鹰鸮。偷偷取出笔，把它描绘下来，和自己以前画的领角鸮比较，竟有几分神似。不过，那幅作品的线条有一种特有的人文韵味，可不是我这种随兴作画所能比拟的。

一边欣赏，一边却也念着，这样近寒冬的时节，合该是领角鸮、鸺鹠迁移到低海拔林子，在夜深之际孤独鸣叫的时候了。

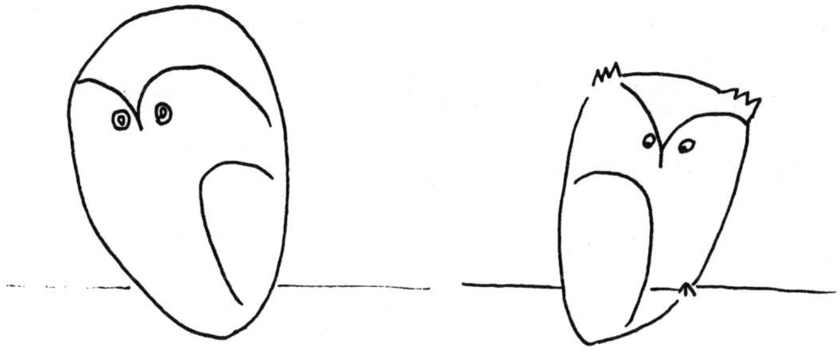

去年十月以后，有一只领角鸮接近我们家，从对面的林子发出单音的怪叫。到了元月过了七八点以后，阿一跟阿和睡觉的卧室窗口，还会传来一种空洞的凄凉鸣声。我好奇地探头，那怪声仿佛还夹着几许阴森的月光传进来。

猫头鹰吗？它叫得非常有规律，整个晚上不曾停歇，连砂石车轰隆经过都无法影响它。其鸣声是四个音节“波、波——波、波”。最初我们还以为是褐鹰鸮。阿一后来也学会了这个叫声，每晚我从办公室打电话回家，阿一都会抢着告诉我，有无听到叫声。三岁时便能在夜晚从自家窗口记录鸟声，大概是世界纪录了。

不久，我带何华仁叔叔夜探那只怪鸟栖息的小山。下山后，他想了一整夜，判断是一只黑冠麻鹭。阿一知道了，有点失望。我可是高兴极了，因为这种鸟也是稀有少见的鸟种。

那天回家时已凌晨，在厨房清洗早上忘了处理的碗盘。洗到一半，赫然发觉，一天未到林子里活动，生活变得好怪。把头探出去，屋外的星子明亮闪耀，空气里飘着一层沁寒的冷意。这时，说了真难相信，对面的小山竟传出短促而神秘的“噢”声。是领角鸮！它又准时回来了！在阿一、阿和睡着的时候。

但黑冠麻鹭呢？我欣慰地，继续期待着。

白色鸭子

阿一出生那一年春节，爸爸和妈妈抱着非常紧张的心情，赶到内湖大湖公园，观察一只新来的“白色鸭子”。

春节期间，大湖公园每天平均有五千游客，除了水波不兴的湖面，湖岸、草坪都挤满嘈杂的摊贩和人潮。许多人在这儿放风筝、放鞭炮，或者在湖边垂钓。

我们穿梭于人群和树丛间，持着望远镜静静地观察，尽量不让别人注意到我们的举止。当初会知道这消息，是一位赏鸟的朋友打电话告诉我的。他在电话上激动又兴奋地吼叫着：“角鸊鷉！我在大湖看到一只角鸊鷉！”

我在电话这头听了也愣住，怎么可能呢？它怎么可能在人潮拥挤的大湖公园出现呢？角䴙䴘的栖息地远在西伯利亚，冬天时只南下到日本与大陆东南沿海避冬，过去从未在台湾被记录到。假如真的出现，而且是在市区公园，那将是破天荒的记录。这如果是在日本，我们把消息传开来势必轰动。所有关心的人一定会全力设法保护，让它安然地度过冬天。但这里是台湾，我们不敢发布消息。过去，我们也有类似的经验，把发现稀有鸟类的消息传出去。结果，没多久，那些鸟全消失了。

等我站在湖边时，更吓了一跳。天啊！它居然在众目睽睽的湖面上悠游。亮着一对红得像樱桃的眼珠，时而潜入水底觅食。过个二三十秒，再冒出细白优雅的颈身。但是附近钓鱼人的鱼线不断地抛向湖心，小孩子也往湖里放鞭炮，它偶尔被惊得四处拍翅奔躲。

有一次，一个小孩又往湖里放鞭炮。我终于忍不住，跟过去劝阻。没想到他父母理直气壮地向我抱怨："我们好不容易来这里，又不是在街上玩，你凭什么干涉？"

我听了，不敢说什么，只好向他们道歉，悻悻然离开。怎么办呢？我又不能告诉别人，这里有只稀少罕见的鸟，请大家不要惊扰它。我的兴奋渐渐转为焦虑。那几夜，回家后老是辗转难眠。后来，我只好和朋友联络，轮流去大湖看守，免得它遭人猎捕。

所幸春节过后，它依然无恙。又过了三四日。有天清晨我再去时，湖面上已无它的踪影。我乐观地想象着，这个时节它一定是趁夜飞回北方了。

打电话告诉一起看守的友人："角䴙䴘走了！"

他在电话那头长长地吁了一口气："真的吗？太好了！感谢老天！"

但看不到，我却有些失望，说不定，这辈子就这么一次的缘分了。

黑冠麻鹭

我们的好朋友黑冠麻鹭，昨晚又回来了。

爸爸翻查去年发现它的记录，竟然和昨晚同一天听到叫声，真是巧合。这次是阿一先发现的。昨晚十一点爸爸回家时，妈妈和阿和都熟睡了。阿一穿着睡衣跑出来，兴奋地跟我说，他听到黑冠麻鹭的叫声，“波、波——波、波”。

“你从哪儿听到的呢？”我问道。

阿一指着辛亥小山的方向。是的，上一回，它便是从树林附近的芒草丛，发出空洞而低沉的鸟叫声。我陪阿一躺在床上，听着黑冠麻鹭的叫声。等阿一也熟睡了，我再起身，打开窗户，仔细地聆听。这时更远的地方还有领角鸮的“噢”声。芒草上的芒花多半已

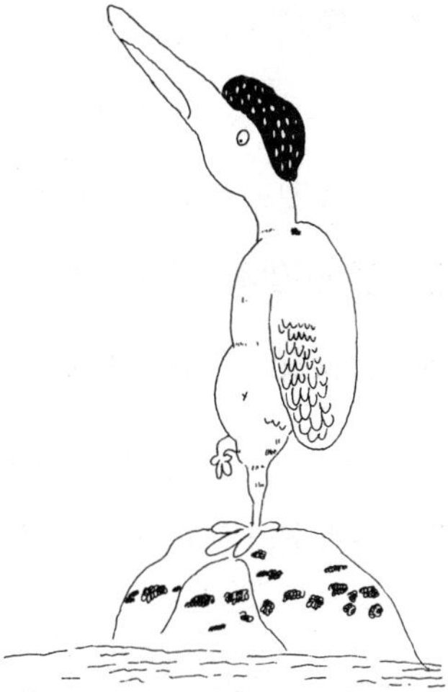

黑冠麻鹭

喜爱栖息于平地至低海拔山区树林，偏好单独活动于树林底层，多以蚯蚓和蛙类等为食，性不惧人，常伸长脖子静止“拟态”，偶有左右扭动颈部的特殊行为。繁殖期夜晚常发出连续“波、波——波、波”低沉的鸣叫。营巢于杂木林，以树枝筑成粗糙的盘状巢。近年来面积较大的都会公园或校园，繁殖记录渐多。

飘离，剩下枯褐的芒秆，像黑冠麻鹭的体色，纵使白天都待在那儿，也不容易被发现的。

它叫了一整晚，清晨我要去小绿山时仍在叫。小绿山旁的水池，积满了春雨。白色而肥胖的锦鲤经常翻跃出水面。黑眶蟾蜍都在池边的草丛鸣叫，准备进行交配，但盘谷蟾蜍的幼蛙正要大量向山里迁移。何华仁叔叔一直认为，由于有这个水池存在，黑冠麻鹭才经常到来。我则认为水池边和林子里的丰盈食物，才是吸引它连续两年固定到此的原因。

爸爸也相信，自己跟它照过面，可能就是那只叫跛脚的。有一回，它在池边捕食盘谷蟾蜍时我们撞见过。我仔细地观看它如何食用蟾蜍，它的右脚好像受伤了，无法站立。

有只稀有鸟类，每年冬天回来做伴，这是多么难能可贵的美丽时光啊！

皮诺查的家乡

在森林旅行了一年多，突然间又怀念起海岸湿地的观察，很久没有带你们去寻找喜鹊、巢鼠和黄鼠狼了。可是，爸爸这回最想去的不是沼泽区，或岩礁海岸，而是河口，淡水河河口北岸的沙仑。

那也是爸爸惦记在心，一直想带你们前往的地方，因为我的第一本动物小说《风鸟皮诺查》的故事背景，就是发生在这块犹若荒漠、几无人烟的沙丘上，这部小说也和阿一几乎同时问世。

一只东方环颈鸻平均寿命约十五岁，假如这本小说的主角皮诺查仍健在，依爸爸当时的接触，恐已是耄耋之身。

记得最后一次去那儿，大抵六七年前，沙丘南边正在兴盖一座港口，叫渔人码头。因为怕港口被风沙淤积，那座沙丘搭起无数道

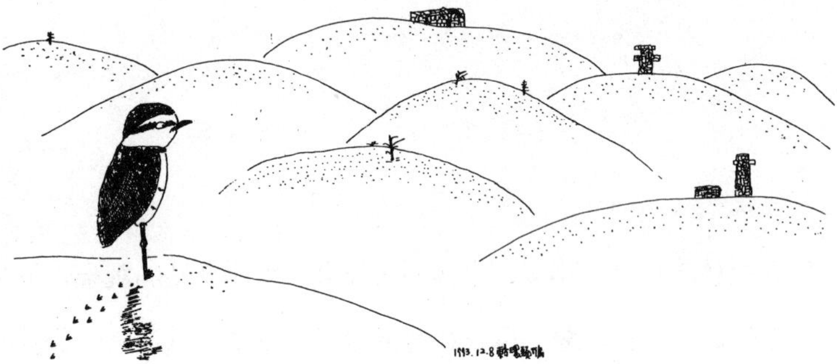

东方环颈鸻

主要以候鸟为主，十月至翌年四月，常成群出现于河口、沙洲、沼泽、鱼塘、水田等地，少部分留鸟会在沙滩或石砾地环境繁殖。常结群或与其他鹬科混群活动，以昆虫、蠕虫、软体动物为食。习惯小跑一段，停止，啄食。繁殖期抱卵或育雏时，遇有天敌接近，亲鸟会表现身体“拟伤”，借此引开入侵者。

篱笆，准备植满防风的树种。将来植树成林，在东北风强烈吹刮下，港口就有了屏障。

我猜想那儿现在是一片蓊郁的林子了，但喜欢在沙丘上筑巢的风鸟——东方环颈鸻，皮诺查的族群，恐怕就不会去沙丘栖息了。它们只能像其他水鸟一样在岩礁活动。也或许，那儿的岩礁因沙丘的改变受到波及，一样没有大量风鸟聚集了。

或许，是的，或许是这样吧！怀念着、怀念着，有时想到沙丘可能的形容，爸爸又失去了前往的勇气，宁可让它继续在过去的世界里活着，让我用说故事的方式，跟你们继续叙述这一个传奇。

赏鸟日记

这里所附的文章是爸爸二十八岁时的一篇赏鸟日记。当时的赏鸟记录形式大致比较简单，鸟种和数目背后衍生的意义也不多，但自然观察日记记录多了，还是会累积出许多意想不到的内容。当然我更鼓励你们以文字书写。以文字描述自然旅行的观察，跟一般日记也有不同的情境。那是年纪大时回味生活非常重要的精神食粮，提供了许多美好的想象。

附文如下：

小白鹭 5	牛背鹭	夜鹭
红嘴鸥 1	小水鸭（多）	花嘴鸭
滨鹬 13	尖尾鹬	黑尾鸥
绿绣眼	白腰草鹬	矶鹬
黄眉黄鹡鸰	麻雀	白头翁
白鹡鸰 2	黄鹡鸰	宗燕 1
喜鹊 7	黄尾鸲 1	棕沙燕 10

鸟种：四十三种。

地：新竹香山海埔新生地。

上午九时至下午三时。阴天。十一时退潮。

时：一九八五年十一月二十四日。

人：与华仁、宗慧及林金雄等台北鸟会鸟友十余人。

琵鹭 1（与苍鹭一齐。）

野鸡（多，喜单独隐匿于灌木丛、防风林。）

莺科鸟种 1（有黑色过眼带。）

鹎科鸟种 3（疑似赤腹鸫？）

八哥 1	台湾鹪莺（多）	粉红鹦嘴（？）	大杓鹬 2	蒙古沙鸻	小环颈鸻 4
红鸠	灰头鹪莺	大苇莺	斑鸠 1	苍鹭 2	东方环颈鸻 5
环颈鸻	鱼狗 1	燕鸥 2	极北柳莺	青足鹬	金斑

白鹳 X 1

河口南岸有一处大垃圾场，外海的浪潮像煮沸的水。海风习习，水鸟都在潮间带的泥泞地憩息。开阔的泥泞地仍有四五畦野草青绿地拓展，还有二三枯木干横陈。我们在北岸时，潮水正向外海退去。水鸟醒来，不停地盘旋天空。我们绕到南岸后，潮水已退干，水鸟们又回到地面伫立，像远方稀疏的森林。潮间带最常见的大鸟，琵鹭和苍鹭飞越地平线上的防风林，那儿似乎也有一片泥泞地。

正午时，白鹳飞进河口，一只苍鹭伴着。它像纸鸢一样徐徐降落，仿佛在天空写了一首立体的诗。这是赏鸟以来我见过的最美丽的鸟种，白身黑尾红脚，大若火鸡，体型像鹤。

我们在岸边不停地惊呼赞叹，何华仁连忙抽出写生簿，从单筒望远镜里观察速描。我们离开南岸，它仍站在河口中心。半个月前，有群赏鸟人惊喜地记录过，没想到，我们仍能发现。很显然，它在此待了一段时间，未来恐怕还会过冬。像它这么大的鸟，能在台湾待如此久的时间，总是令人振奋。

下午，我们又回到南岸，进入防风林，继续享受走路。我们必须注意前后左右的林丛，随时会有罕见的鸟种蹦出。果然，碰到了野鸡和黄尾鸲。可惜，还有两种鸟来不及辨识。

这种打游击的赏鸟方式最为刺激，我近来也十分着迷。最后我们遇到七只喜鹊，在稻田上空飞行，好像滑翔机练习着倒8和俯冲。半个小时后，我们起身离去，它们仍在天空中嬉戏。这是两年前淡水河旅行结束后，再度遇到喜鹊群，仿佛他乡遇故知。走了四五小时，体力有些耗尽，但心头真的很快乐，很满足。

一场鸟类画展

最近爸爸带你们去诚品书店，欣赏台湾自然生态画家们的鸟类画展。

十年前，没有多少人在画鸟，什么是鸟类绘画艺术，在台湾十有八九的人恐怕都会误以为系沿自中国传统的花鸟画。殊不知，这门写实绘画在西方自然生态绘画的历史传统里，不过一百多年，尚未被现代画廊和艺术界所青睐，进入现代艺术的殿堂。

知道此一原由后，我们要如何看待这些鸟画呢？爸爸喜欢从自然观察的角度去解读。一张杰出鸟画背后所代表的意义，若从赏鸟的历史综观，往往是一个国家自然生态意识整体提升到一个成熟阶段后，才会有的精彩结晶。

那么一位优秀的自然生态画家又应该具备哪些基础条件呢？我觉得，绘者在面对画布的构图之前，本身必须先糅合野外长期观察的经验，还得对主要鸟种的体型、羽毛和习性等具有充分的认识。甚至，最好是将鸟类标本（或废弃的尸体）带回去，研究羽毛和身体骨骼的结构。唯有如此融入其栖息的自然环境，方能生动地将主角再次活生生地展现于画布上，而不是像照片那样冻结于一瞬间。缘于这种条件，自然生态画家在野外旅行时，必须拥有比一般赏鸟人更加细腻的观察能力。

这次参加鸟类画展的九位自然生态画家中，我曾与其中好几位结伴旅行过，或拜读过他们的旅行作品。能够和自然生态画家到野外旅行，也是我最热衷的野外观察。一些我们习以为常的细节，他们总是能看出名堂。譬如看到鸟如何用脚爪攀附枝头，或者它的肩羽排列顺序，或者眼球的色泽等等。

近来常跟我相偕爬山、探勘古道的徐伟斌，喜欢绘制大场景的自然生态，再把鸟放入其中突显身份。鸟虽是整个画面的主角，却又是整个自然环境的一分子。徐伟斌承袭的是加拿大鸟类画家 Robert Bateman 此派的风格。因了这种构图，在野外时，他观察鸟类，寻思的恐怕就不只是鸟类，还包括了那只鸟后面的整体空间。

赖吉仁曾以细腻的木口木刻版画开风气之先。这次展出的彩画近作，都以高山鸟类为主角，更明显地呈现个人的稳定风格。一幅背景是南湖大山的岩鹨群以及秃裸的石块的画，不仅是会场里最大的作品，更吸引了我至深的注意力，因为许久没有站在高山的肩膀，和它们一起冥思了。赖吉仁最近也编译了一本口袋型的《鸟类绘画艺术》。这本小书若只当作一本艺术书籍就可惜了，一如《台湾野鸟图鉴》是我野外的必备物，它成为我另一种野外观察进阶的秘籍。

何华仁叔叔人还在澳洲赏鸟，这次展出的作品并不多，但每一幅画作都充分展现出鸟类羽毛细腻部分的比例与结构。我曾翻看过他一些未发表的写生稿，私底下，我更喜欢这类帮博物馆鸟类标本随兴完成的写生，以及我们在野外旅行时的许多速写，只可惜，他认为那是不登大雅之堂的作品。

陈一铭画作的色调与构图充满饱满的和谐，像一首首美丽的诗般吸引着我。他仍在福山进行自然观察，许多朋友回来都会提及他观察哺乳类和蛙类的迷人事迹，我也看过那些动人的动植物素描。这些素描一如一篇篇内容翔实的日志般重要，日后都将是台湾自然志的重要文献。有一天若能跟他一起去野外观察，切磋技艺，相信也是很快乐的事。

或许是这种感情吧！当你们长大时，我最想送你们放在背包中的观察工具，除了望远镜和野鸟图鉴外，就是一本野外素描簿。

为什么要赏鸟

为什么要赏鸟？赏鸟的意义在哪里？这是爸爸观察鸟类十几年来，经常被人询及的问题。

年轻的时候，我总是严肃地回答："因为要逃避现实城市的社会体制。"后来，拜读一些六七十年代著名鸟类学者对自然观察的看法，惊喜地发现，他们也都跟我有着相似的意见。譬如美国博物学家阿特金逊就说过："人们所以对鸟有那么大兴趣，因为鸟在生存本质上，有一部分是在规避人类。"

后来，因为被问多了，我改口说："想要认识自己。"

为何变成这样说呢？主要是因为那一段时间里，我常到高山赏鸟。前往高山地区，每次都须花很多时间攀爬，那是一种体能和意志的考验。一个人不为攻顶，只为了看一只鸟，竟付出这么大的心力上山，的确是不可思议的事。这是一种超越，去完成过去认为不可能做，也不可能达到的目标。

小绿山的经验也是全新的认识自己的过程。有一阵子，每星期我都要上山四五天。花一整个早上观察，无论晴雨天，都要蹲伏在蚊蚋丛生的林间湿地。为了获得更详细的观察记录，我经常一坐三四个小时，忍受它们的叮咬。但久而久之，也习惯了这种煎熬。有时在林子久了，未遇到这种情况，反而觉得自己不认真工作呢！

现在呢？我又有另一层次的回答："追寻素朴的生活。"

怎样的素朴呢？虽说一个人经年住在城里，并未长时滞留野外，其实，每天的生活还是跟自然生态有关，你的每一行为都持续和自然互动，都有可能对自然环境产生冲击。在台湾，我们的物质生活真的太过丰裕而近乎奢侈。唯一的不二法门，便是减少个人的消费，这是自然保育的根本基础。

我自己是如何生活的呢？平常在家里，爸爸便自己煮饭或做简单的面食，偶尔摘采野菜当佐料。我选择的衣服也十分简单，终年穿的多半是几件灰朴带点绿色的衣服。外出则固定背书包，里面放着几本图鉴、书册和画笔。出门时，除了购买生活必需品，尽量不随便花钱，也绝少去咖啡馆或者PUB等地方。我也选择走路和搭公车的方式上班。每天从辛亥路搭公车到火车站附近，走路绕过新公园，再到宝庆路，转搭公车到万华的《中国时报》报社上班。我试着借这样固定而常态的生活方式减轻个人对自然环境的伤害。

现在跟你们谈这些，或许嫌太早了，而且充满教诲之意，实在不是我所愿意扮演的角色，但又觉得不吐不快，所以顺手写了，当作你们长大以前，比较苦涩的一次对话。

动物篇

没有眼睛的老鼠

秋初时节，一连几日大雨后，天气放晴，我从塔塔加鞍部的登山道出发，惬意地前往玉山。

非年节假日，这座台湾第一高山的山道上，登山客并不多。爸爸因而有良好的机缘，在路上发现不少哺乳类，以及它们的排遗。比如，邂逅觅食中的条纹松鼠，闻到了释放异味的黄鼠狼，记录了排出新鲜粪便的长鬃山羊，踩着了台湾猕猴丢弃的破碎果核等等。

这些平常难得一见的哺乳动物和遗留物，一次上山都能幸运地邂逅，无疑地，跟人类活动的减少有密切关系。此外，大雨过后，各种动物都要出来觅食，明显地增加了与它们接触的机会。

但这趟山行，迄今爸爸印象最深刻的，却是一种高山小老鼠，叫做台湾烟尖鼠。它的体长不及十厘米。从污黑、灰浊的外表，很难看清眼睛，事实上，它全靠鼻子的嗅觉摸路、找食物，像流浪的瞎子在马路上，又丑又可怜。无怪乎，它的食物是蚯蚓、昆虫之类爬行缓慢的小动物。但山上的蚯蚓有一种较肥壮且长，叫蟒蚯蚓，弱小的烟尖鼠若要捕食，还有点像跟大蟒蛇搏斗。

虽说靠嗅觉，它的鼻子也非灵敏若山猪、山羊。我常见它东触西探，人走近了，还未察觉。那回，在山路上，爸爸遇见过两只，特别放在手上观赏了会儿，只见它们团团转，似乎不知发生了何事。放回路上，它继续在路上乱窜，全然不理会登山客巨大而笨重的登山鞋。

除了猫、狗外，在台湾的野外，还有这样不惧人而亲切的哺乳类动物，恐怕是一般人难以想象的。这也是我最缅怀不忘的高山动物之一。后来好几回上玉山，在山路健走时，都特别低头去寻找，只是自那次以后，在热门的玉山山道，我就未再遇见了。

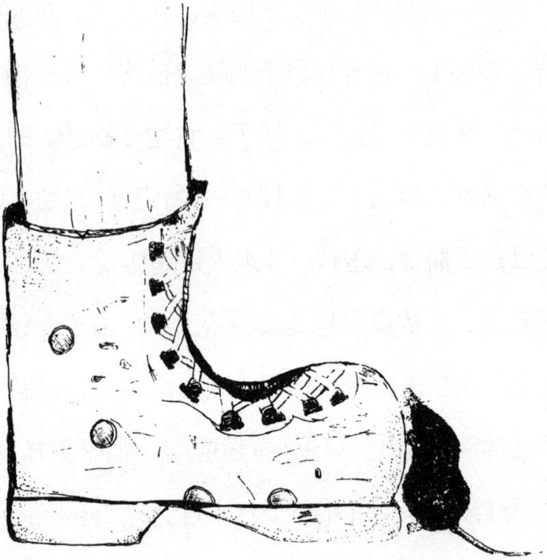

台湾烟尖鼠

俗名鼩鼱。外形似老鼠，但仔细比较，吻鼻部特别尖突，眼睛细小，牙齿既多且尖，与鼠类特征截然不同。普遍分布于中高海拔山区。许多掠食性动物，如蛇、猫头鹰等均以它为主食，是高山食物链中非常重要的角色。

家鼠与巢鼠

家里最近跑进一只小家鼠。我们住在公寓的五楼，不知这只小家鼠是如何溜进来的。

爸爸在凌晨发现后，开始坚壁清野的政策。第二天买了捕鼠器回来时，它已饿得发昏，倒在客厅的地板上。我想，它可能饿的不只是昨天而已，吃素食的妈妈向来不准家里放任何肉食，这只老鼠真的是倒霉，跑错地方了。爸爸和阿一把小家鼠送到楼下的荒地上，再给它一次机会。就这样，不能再帮什么了。瘦小的它摇晃地溜进草丛，未再跟我们有任何瓜葛。

看着小家鼠离去，我有些不安，好像不近人情。就不知释放那天，阿一在想什么？

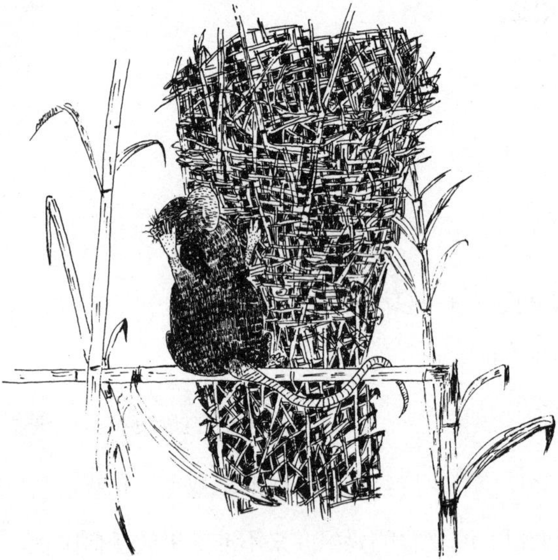

巢鼠

巢鼠体型娇小，约五到八厘米，尾长能缠绕。以昆虫、野生植物和种子、嫩枝等为食。夜间或昼夜活动，通常在郊野草本植物上营巢，一年生殖一到四次，每次产五至八仔。

回家后，爸爸想起，前年我们在关渡的堤防散步，尝试着从河床边的芦苇丛中寻找巢鼠。巢鼠的体型比小家鼠还小，大约五六厘米而已。它喜欢在芦苇丛里钻上钻下，芦苇秆是它们的交通要道。它的食物则以芦苇种子为主，也以芦苇造窝。有时还利用废弃的鸟巢作为住家。有人就看到过它爬进褐头鷦莺像菜瓜布的鸟巢。爸爸只目睹过一回，它在黄昏的芦苇秆上大胆地打盹。阳光照过来，它的身子亮出柔软金黄的绮丽色泽，仿佛夕阳把今天最美的余晖都给了它。

台湾鼹鼠

冬末走进小绿山时，我又发现许多隆起的土堆自小径冒出。土堆上的土块相当松软，是什么动物的杰作呢？蚯蚓？不！它们最多只能挖出小小的不到五厘米的土冢，而且都是近球形或椭圆形的土块。我看到的土块并未结成这种圆滚状，而是松开或崩裂的地景。

爸爸用手轻轻地拨开，来回没拂几次，有些土块开始往里面陷落。爸爸拿了一根小枯枝，朝那土堆陷落的位置，小心地探去。结果，一个宽松的地道出现了，但那地道并非往下伸的，而是略略斜向旁边，慢慢延伸，有点弯曲。枯枝没伸多久就碰壁了，但那地道应该还未终止。经验告诉我，这是一条台湾鼹鼠走过的通道。这种小哺乳动物，像一台台小钻土机，台湾各地土层松软的地区皆能栖息。

阿公跟我说过，以前的菜园和果园，都是它们最爱栖息的地方。

小径不远处，还有一个。我又去试验，情形如同前例。于是，我开始沉思了，到底在这个城市边缘的小山丘，我站立的这个林子的土壤下，住了多少只台湾鼹鼠？两只？十只？百只？或上百只？这种善于挖土的小动物，可以经年累月在地层下活动，不见天日。它们的主食是蚯蚓、树的块根或地下茎。我们和它们像不同地方的两种生物，事实上却住在同一个星球，只是生活在不同的表层。我在此观察一年多，竟然半只也未遇到，原因便在此。但我仍不死心，只要继续在这个林子观察，终有一天，我们会相遇的。

贫齿鲸

终于又读到有关鲸鱼搁浅的新闻。搁浅的那条不仅和两年前的同种，地点和时间也接近，花莲的冬天。海防人员在抢救它时，有家报纸特别报道："在海中隐约可见，另一头大尾豚鲸洄游，徘徊到天色昏暗后才游走。"

两年前冬天（一九九二年二月四日）新闻的刊载大概是这样：有一头雄鲸鱼在花莲海滩搁浅，被当地人抬回海上。未过两个小时，它又游回岸边，等待死亡。未几，又有一头在不远处搁浅，一样是雄鲸。

那一年，新闻附有图片。我仔细看了一下，其中一头有一副鹅鼻，身子肥胖白净，嘴角流血（因为两颗突露的牙齿被渔人偷拔了），确定是一头 Goose-beaked Whale，台湾唯一的一份鲸鱼报告称之为“贫齿鲸”。

这种小型鲸，除了那对由下颚往上凸露的两颗暴牙是特征外，还有那比例甚小，平滑几无凹沟的尾鳍，以及相当不起眼的胸鳍。

它们广泛地分布于太平洋南北半球的温热带海域，属于搁浅比例较高的鲸鱼之一，但多半是单独搁浅，像这两则新闻的情形较为少见。我不禁想起它们的情形，多么像爸爸在《座头鲸赫连么么》那部动物小说中叙述的场景，赫连么么和白牙的准备搁浅死亡啊！

它们到底为何而亡？这个议题其实很值得讨论。鲸鱼一如恐龙，充满巨大的神秘和未知。你从小就是恐龙迷，应该也会喜爱更巨大的它们。我也会继续搜集相关的新闻，摸索各种可能的答案。

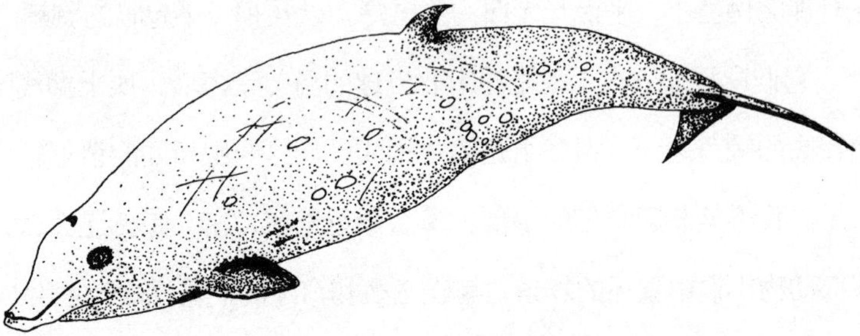

柯氏喙鲸

早期报告称为贫齿鲸，喙鲸科中分布范围最广的一种。其头部侧面看有点像鹅，故又称鹅喙鲸。一般单独或组成三到十二头左右的小群体活动。其喷气低而发散，在海面看来相当模糊。

抹香鲸

昨天晚上回家时，桌子上摆有一只乐高制作的鲸鱼，长达四十厘米左右。爸爸知道这一定是阿一晚上的成绩。爸爸放下背包，虽然有些疲累，仍愉悦地坐下来，静心欣赏阿一的杰作。

对一个四岁的小孩，这只鲸鱼无疑是巨大的工程，因为它用了两百多块长方形的乐高拼成，样子是一头抹香鲸的形状。我想，你大概是从《木偶奇遇记》里获知鲸鱼的样子。鲸鱼的背中央少了块乐高，妈妈说你是故意这样的，这样才像是个喷气孔，而鲸鱼的尾巴，你也知道拼成翅膀的形状。

你可能忘了，去年冬天时，我们，还有何华仁叔叔曾去淡水河口南岸找过鲸鱼的骨骸。后来，我们在一块退潮后的沙滩上散步。

抹香鲸

世界上最大的齿鲸。它们是所有鲸类中潜得最深、最久的，因此被称为动物王国中的潜水冠军。除十九世纪捕鲸时期以外，抹香鲸可能是大型鲸中被捕获数量最多的一种。美国作家梅尔维尔的经典名著《白鲸》，书中那头神勇的白色大鲸莫比·迪克就以抹香鲸形体为原型。

那儿据说埋了好几只你近来所绘或拼装的抹香鲸。这海滩发生过最精彩的事，大概是前两年，分别有两只抹香鲸来过。第一只搁浅死亡，第二只搁浅不成，随潮退去。这第一只和第二只的关系如何呢？它们的交情使我想起了许多大型哺乳动物的复杂行为，最后完成了小说《座头鲸赫连么么》，以及论述了一些台湾早期捕鲸的历史。

露脊鲸

它叫露脊鲸，嘴型像老虎钳子，乌黑的头上有一大堆寄生的藤壶群。这是继抹香鲸、座头鲸之后，我教你认识的第三种大型鲸鱼。

不过，它的名字并未出现在台湾海域鲸类的名单中。只是一百年前，一名到台湾旅行的英国自然采集者提到过，有一只露脊鲸搁浅于今天的高雄港。那名英国人还把这头鲸鱼的骨头送回英国，央请专人鉴定。至于，此鲸为何会在台湾附近的海域消失，主要是因为滥捕过度。现在全世界这种鲸鱼的分布海图，只画到琉球群岛，早就放弃台湾。反过来说，露脊鲸已不把台湾海域视为家园的活动范围之一。

露脊鲸不像座头鲸，拥有一对如鸟般舞动的翅膀，以及一副好歌喉，也不像抹香鲸拥有哲学家般巨大的头脑，沉潜于最深的海洋。在这一情形之下，为何要选择它作为第三种应该认识的鲸鱼呢？有两个有趣的理由：第一，因为它们大部分的日子都生活在浅水海域，熟悉那儿的情形，所以是最不容易搁浅的鲸鱼；第二，它们有一种瞭望的性格。有经验的观鲸人都知道，搭小艇出海赏鲸时，这种鲸鱼最不惧人，对人类一直保持好奇心。我们可以靠得很近很近，几乎可以摸到它的皮肤。当然，这种最接近我们的鲸鱼，也是地球上灭绝最快的一种。

露脊鲸

属于须鲸，由于头部有硬皮，没有背鳍，嘴巴长而呈弓状，易于辨别。体色呈深灰色到黑色，偶尔腹部带白斑。露脊鲸游泳很慢，但游泳技术高超，常会跃出海面、用尾巴拍打海面。早期为捕鲸者的主要捕猎对象。

海上的流星

跟我们去外木山看老鹰的叔叔，在宜兰海边捡到一副鲸鱼的头盖骨。这个头盖骨的前喙有四颗牙齿，回家查对图鉴后，确定是花纹海豚所遗留。这种海豚爸爸还算熟悉，它的前额有一个鲜明的凹褶，有高耸的背鳍，同时背鳍前的背部有许多疤痕。不过，海豚跃出水面的时间非常短，如果没有相当丰富的经验，即使它在我们面前现身，恐怕也辨认不出。

我们谈起这种海豚时，正在前往北方三小岛的航线上。我提醒他，九十年前，伊能嘉矩来北方三小岛时，曾经记录过两头鲸鱼在离岸边不远的海面喷水。去年，前来此地观察的赏鸟队伍也提到好几回，遇见海豚族群。这些描述一点都不意外，在日本的自然志里，

花纹海豚

俗名和尚头。鲸目海豚科。成体为白或浅灰色，体表有许多白色刮痕。额隆前方有深褶纵分。行为复杂多样，常见侧翻、仰翻举出胸鳍拍打水面，潜游时间可长达半小时。

北方三小岛的海域素来就是鲸鱼的重要栖息地。可惜，我们对鲸类的认识仍在摸索阶段，无法更进一步说明状况。

爸爸也是最近才有些心得。通常在海上看见海豚跃出水面时，只有两三次机会去做判断。第一次跃出时，我们总感觉像看见流星一样，还来不及许愿就消失了。但海豚通常会给我们第二次机会，再跃出一次。这一次也就是你“许愿”的机会，千万记住它身上的特征。运气好时，你还有第三第四次。但最好不要如此指望，总要学习在第二次时就把握住。

总之，每回海豚的出现对我们来说都是一次意外的邂逅，是一种惊喜。它们是从海里跃出来的流星，划过浪花之上。但我们这次的航行，并未如此幸运。

流浪狗

我们家后面的小绿山，冬天时住了一只流浪的小母狗，叫小冬瓜。那时，巷子里还有四五只野狗集中在车棚的附近活动。但小冬瓜都不跟它们在一起，每天清晨或半夜时才下山来，到垃圾场觅食。有一天，我爬到山顶才发现，原来小冬瓜生了小狗。有两只小狗和它睡在山顶的土坑里，一白一黑，都是小公狗，和小冬瓜的肤色截然不同。爸爸遂对它们的父亲是谁深感好奇。

那土坑无疑是小冬瓜挖的。有一回趁它们不在时，爸爸去摸了一下土坑。旁边的地面犹濡湿，只有那儿较干燥且透着暖意。猜想是这个原因，才使小冬瓜选择这里让两只小狗蜗居。

小冬瓜患有皮肤病，身上到处都是淤血的痂块。两只小狗生下来后也有，加上营养不良，身体瘦弱，长得像一对小乞丐，每天都无精打采，看来十分可怜。这时，爸爸注意到附近的家狗也生小狗了。好些都是一窝八九只，而且养得白白胖胖，非常活泼爱玩。我想小冬瓜可能知道觅食不易，无法照顾很多小孩，所以只敢生两只。或者是，生了许多，但最后它的能力只能照顾两只幸存的。巷子里其他母野狗平均的胎数，大概也是两三只。

爸爸原本只想客观观察，但担心它们无法挨过寒冷的冬天，最后还是带了面包和罐头上山去喂食，它们遂变成爸爸的好朋友。有一阵子，我带你们兄弟去时，你们也很高兴看到它们前来。可是，我怕它们身上的疾病传染给你们，只让你们远远地看着。

寒冬时，两只小狗中的小黑狗冻死了，只剩下那只小白狗继续跟着母亲在小绿山生活。然而，小白狗的皮肤病愈来愈严重，眼睛部分更眯成一线，几乎看不清任何东西。六个月大了，一般小狗都已能独立生存，它还像一只小狗般，黏在母亲身旁。它或许能撑过冬天，然而，漫长的春雨和梅雨期，它撑得过吗？在它身上，爸爸看到了一只野狗成长的悲凉缩影。

四只小狗

老师父定居的山上，长有不少樟树和山黄麻。但附近的山多半已开发殆尽，没有什么原生林了，甚至砍伐后，再生长的次生林都来不及冒出头，到处都是草丛。

阿一和爸爸原本想去爬山，看到山边小径都是住屋人家，那份兴致便减少许多。

后来，我们发现老师父祠堂前的石阶旁，一团扶桑花丛下的废墟洞里，有四只小野狗住在那儿。一只白的，三只黑的。我们在玩芒草时，它们跑出来溜达。大概是我们太接近它们的领域，本能地低吼了几声后，就溜回洞里，不肯出来。

我们好奇地在洞口守候，等了好久，阿一终于不耐烦，跑去池塘旁找蟾蜍。

老师父过来跟我说，它们的妈妈知道它们还没有找食物的能力，固定一天回来喂三次奶，早中晚各一餐。老师父为何知道得特别清楚？因为每次他要准备吃饭时，小狗们的母亲就出现了。

这附近野狗很多，经常自石阶下经过，不知它们的妈妈是否为同一群？平常都去哪儿觅食？如果有一天，在小狗还未断奶前，妈妈因意外不能回来了，它们怎么办？每次想到时心里就十分挂心，可是，实在想不出更妥善的法子。

我也突然想到，最近碰到几只流浪的大狗，不知它们如何度过未来的时日。譬如一只常在台北车站遇见的，满身红肿的秋田犬。一只全身瘌痢，喜欢在新公园徘徊的狼狗。还有我们家后面荒原上，十来只打打闹闹，每晚都要到路口垃圾堆和猫抢食的野狗。但反过来说，或许，这就是野狗在文明的城市、郊区必须体验的，大自然的考验吧！

四只小狗，加油！

星天牛与绿金龟

沿着一条小路前往兴隆路搭车，在路边的野桐上，发现了一只绿色金龟子。这种绿色金龟子，小时在中部乡下相当常见。那天突然碰着了，感觉像是遇到已过去的童年一般。现今知道它的学名叫赤脚铜金龟，更是备觉亲切。

我们以前常捉这种金龟子，和一种喜欢吃凤梨的花潜金龟玩游戏。那是一种很残忍的游戏方法。我们将铁丝做成脚踏车，把金龟子的后肢折断两节，插在铁丝上，让它们在铁丝上急速拍翅，带着这辆脚踏车到处走。或者，直接绑在线上，让它们四处飞行，直到我们玩得尽兴，才放走。可是，有不少只也被折磨死了。

抵达公馆时，红砖道上的尤加利树下，有一只被压扁的天牛尸

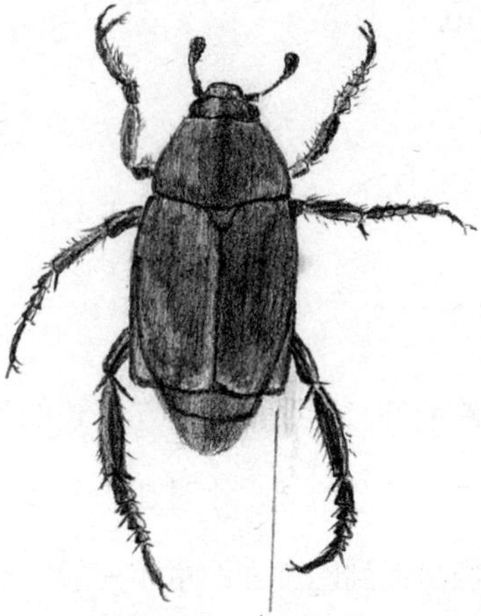

赤脚铜金龟

以前乡下最常见的金龟子，体背呈金属铜绿色，腹部绿色、无金属光泽。

小时常见成群栖息于豆科植物，夜晚具趋光性。

体。细看它的鞘翅和触角，是只常见的、黑翅白斑的星天牛雌体。据说，这种星天牛最喜欢栖息的树种是柑橘和苦楝。

自童年以后，这也是我第一回再度见到这种天牛。它很凶，以前都不敢随便用手抓。小心捉到了，便放到火柴盒里，当成宝贝到处展示给其他小朋友看。

我小心地捡起那散落在地面上的鞘翅，放入底片盒，准备带回家鉴定。那片薄薄的鞘翅不只含着一种昆虫认知的意义，以及我试图对童年生活更充实完整的追溯，我也想让你们看看，虽只是一只掉落在人行道上的天牛翅膀，它依旧能告诉我们许多讯息。

寻找藏羚的人

爸爸有一位研究哺乳类的朋友，最近从美国修完学业，回到最多可能只有四五位以自然题材为书写内涵，却有十亿人口的国度。他当然是我提到的四五位之一，而且清楚知道地球的自然人文正在朝哪个方向延伸，自己身处于缺乏自然保育观的中国，又要站在哪个位阶。

所以早在六七年前，当全球一片熊猫热时，他已在研究室默默地撰写熊猫的自然志，从熊猫的生物演化和百年前熊猫如何被发现开始叙述。可惜，这些完成的稿子一直未能结集成册，在海峡对岸出版。万一，有一天，真有熊猫不幸被运来台湾，或许可以将他的作品发表，让我们能更加了解这种有趣的动物。

在美国留学时，他曾追随一位传奇人物，著名的雪豹研究者乔治·夏勒，前往青藏高原滞留三个多月，追踪珍贵的稀有种藏羚。现在，他回到大陆云南，在中缅边界的热带雨林旅行。虽然所学的是哺乳类，凡鸟类、昆虫、植物以及整个区域的人文历史，还是装在沉苛的背包。中国大陆要认识他，恐怕还要四五十年吧？也可能都没有机会！然而，像这样的自然志人物，台湾地区却愈来愈多了。我随手掐指一算，吴永华、洪田峻、陈健一、王家祥、陈一铭、张永仁、陈世一……唉，台湾地区还是幸福的！

沙滩上的兽迹

“那是什么东西？”黄昏时，阿一指着海边沙滩上的一排足迹。

爸爸蹲下来，端看了许久，猜不出所以然。它们像是风鸟的脚印，但又不能确定。只好用笔把它素描下来，带回家查证。

“爸爸，这里还有！”阿一站在一处马鞍藤的沙丘上大叫。

我赶过去，发现沙滩上的足迹更多了，除了刚才的那一种，还有两种截然不同的。有一种最大的，每个足印都有五个大黑点，黑点上有尖尖的指痕。足印间的距离相隔很远。另外一种较小，但仍比风鸟的大。形状相当奇怪，过去我从没有遇见过。它由两个黑点并列在前，另外两个在后连成一线尾随。

“是不是黄鼠狼的？”阿一现在被黄鼠狼迷住了。

“不是，可能是野猫。”我猜想，但十分没有把握，干脆也画了下来。

冬天的海边，经常起风沙，掩盖沙滩上的任何一切。这三个足迹都十分新，想必是才发生不久的事。最早的足迹是最小的那一个。然后，最大的压在其上。中间的怪足印，就难以判断出抵临的先后次序。

它们到底是哪种生物呢？晚上回来后，等阿一抱着龙猫入睡，爸爸又起床找出相关的书，兴奋地查证。

最小的果然是一只风鸟，它最早走过此，上了马鞍藤的沙丘后，转了个弯又往内陆走去。真奇怪的走法，像极了它们的族群在淡水海岸的栖息，我永远猜不懂。

最大的是一只狗的足迹，可能是一只小狗。它没有上到沙丘，但可能在沙丘挖过一个小坑。然后，走向港口那边，跟我们回家的路一样。

最后一个足迹太有趣了，你猜它是什么？竟然是一只兔子！这里怎么会有野兔呢？我自己都不敢相信。但自从关渡还能发现黄鼠狼后，我现在相信，纵使是每天观察的周遭，自然界里绝对还有许多我们意想不到的事，偷偷地在那儿运行。

那只兔子跟风鸟一样，朝内陆的林子里走，不，是跳去。一蹦一跳，接近林子时，就看不到脚印了。我比较敢确定的是，它一定最早到来。那些足印，八成是昨天晚上跑出来活动时留下的。

如何鉴定鲸鱼

初春时，爸爸到木栅动物园参加一项非常特殊的会议，会中讨论的主题是鲸鱼（包括海豚）。那天主办者还特别安排了好几场课程，让我们学习鉴定台湾附近鲸鱼的种类。假如我没有记错，这恐怕是台湾第一次有关鲸鱼的会议。对我们这个每年固定有许多鲸鱼迁徙过境的小岛来说，无疑是一个喜讯，迟来的。

一个大部分时间生活在海上的美国诗人，因为帮人撰写鲸鱼报告而迷上鲸鱼。他教我们如何辨认各种鲸鱼（包括海豚）。就像每一种野鸟在野外都有其特征，每种鲸鱼也有。可能是背鳍的形状，可能是色泽斑点，也可能是各种奇特的习性。总之，这个海洋世界又为我开启了一扇视窗。

有一堂课是临时测验，那位诗人放了三十张鲸鱼在海中泅泳的幻灯片，幻灯片里的鲸鱼都只露出一点身子或水花。结果我跟大部分人一样充满挫折感，因为只勉强认出了两种，座头鲸和露脊鲸而已。在水面泅泳时如浮木的抹香鲸，竟然都误认了。很显然鲸鱼比野鸟还不易辨认，而且挑战性更高。毕竟它们出现在水面的几率只有百分之五。

但我一点也不气馁。快四十岁的年纪，还有机会学习一点海洋知识，并认识鲸鱼，实在是难得的福气呢！回家后，又阅读了几本鲸鱼的书籍，把相关的资料都绘图、熟记，现在到海上若看到鲸鱼或者是搁浅的，应该比较有把握认出种类了。我也巴不得你们快点长大。台湾的鲸鱼不过二十六种左右，你们很快就会变成一名优秀的鲸鱼观察者。

捕捉方式

爸爸在小绿山观察了一年多，最大的挣扎，莫过于是否要用鸟网捕鸟，套上脚环，进行观察记录，以及是否要网捉昆虫，做成昆虫标本，用以鉴定属种。结果，观察迄今，我尚未捕捉过任何动物，只是在路上捡到过几种确定已经无法生存的，才取回家去检视。

依据现有的生物分类标准，我们在野外观察，有些长相近似的豆娘、昆虫，如果不捉回家仔细观察，实在难以鉴定属种。为何爸爸有着如此几近迂腐的道德坚持呢？原因很简单，因为小绿山范围相当小，我们若捉了一只，很可能就影响它的自然生态。保存一个物种，远比认识它来得急迫，更何况我们不是真正的专业研究者。所以，我通常是用一种很不科学而愚笨的方法：设法接近观察的昆虫，贴身近看。万不得已才捕捉，关在昆虫盒里迅速观察鉴定后，随即放回原地。

观察鸟类也一样。不用脚环，就是怕影响它们的觅食行为，甚至遭受生命危险。我都是设法找出每一只鸟的个别特征，借以认识它们。相对地，也利用更长的时间，让它们熟悉我的到来，甚而认同我，接受我是它们的成员之一。

也许有一天，会有一种更精密的仪器问世，解决我在鉴定上的问题。要不，这种自然观察的道德挣扎，相信是永远存在的，只要我们继续在野外观察，继续和自然对话。

蛇

前几天爸爸带你们回家时，隔壁的邻居慌张地跑来，夸张地形容，说他看到一条很大的蛇。我猜一定是条臭青母。邻居知道我常去后面的山上，应该不怕蛇，特别带我前去查看，希望能将它打死。我到那儿一看果然是条臭青母，便跟邻居说："它没有毒不会伤人。"

这时，臭青母被惊吓着，开始急速乱窜。你们大概是看多了我捉昆虫，也不知天高地厚，竟然跑上前去凑热闹。爸爸一点也不紧张，倒是邻居吓得把你们一把拉住。那条可怜的臭青母头部受伤了，正有鲜血流出。它显然十分害怕，忙着在炙热的阳光下迅快游走，却找不到草丛可以躲避。

仔细看这条巨大的臭青母，我大胆揣想，自己是认识的。它叫阿比，去年我到山里，便经常遇见它，但初春以来始终不曾看见。前些时却听说，社区的庭院经常有一条锦蛇出没，当时研判就是它了。

有了这份熟稔的感情，我生怕别人来伤害它，急忙将它引向后面山里。这个动作让邻居大感不解，一直抱怨不已。我当然无法解释这种理念，但你们兄弟应该有种直觉，知道我为何会有这种行径。

其实蛇遇到人类，远比我们害怕，因为大部分的蛇相当胆小而害羞。以前爸爸上山最想看到的便是蛇了，它们是森林里的指标。一条巨大的蛇存在，意味着大型猎物还很丰富。在一个森林里看见蛇类不多，总是让我闷闷不乐。在林子里遇见蛇，会有种荒疏的喜悦，好像你在陌生的星球旅行，遇见了另一个较巨大的生命体，自己的同胞。

登山篇

雪山之旅

阿一和妈妈在雪山山脚武陵农场过夜那一天，爸爸和朋友攀爬了六个多小时后，在凌晨五点，拖着疲惫的步伐抵达黑森林。又饥又渴时，眼前正好有一口清澈而凛冽的山涧，地下水自黑色的石块中汩汩流出。不知是哪位登山者，好心地放了两个水桶在石块旁接驳、贮存，其中一个还放了削去大半的宝特瓶充当勺子。我们便利用它，轮流掏水啜饮、装罐，拌着干冷的面包、咸鸭蛋与巧克力咀嚼。对放置水桶的山友，还有留下宝特瓶废物利用的人，都充满无比的感谢之心。

喝完山泉之后，继续振起精神朝雪山顶出发。进入雪山北坡下著名的圈谷，看到这种像大坟场般死寂又有着庞然、肃穆气氛的环境，畏敬之心也油然浮生。

在香柏与高山杜鹃的陡径旁，我不断地歇脚、喘息，努力地支撑着，企图爬上雪山顶。不时有一股冷累的寒意，失温与暂时失去知觉的恐惧再度袭上全身。我又看到无数个宝特瓶的身影斜躺在旁，不过这些却非登山者好意地摆放，而是被恣意抛弃。它们完好如初地躺在路边，有的甚至还装了满满的水。这些原本是登山者必备的辎重，却为了容易攻顶，全给舍弃下来。除了宝特瓶，更过分的，还有十分干净的塑胶袋、铝箔纸。愈往上爬，这种随意丢弃的垃圾愈多。山顶的情形愈加严重，像一座清明时节刚除完草的坟地，圆滚滚的山头上，塑胶袋像冥纸般四处飞扬。这里的自然环境原本该如僧院般纯净。这一庄严存在的美好，完全被蔑视了。

一甲子以来，三十年代鹿野忠雄七爬雪山的传奇、五十年代登山耆宿邢天正悠游雪山的旅行、六十年代诗人郑愁予一系列脍炙人口的雪山新诗，还有杨南郡、李希圣、张致远……数不尽岳人的特有情怀，在这短短几年，全都给这些商业文明的产物埋葬殆尽。

画家后面的小山

今天，全家人出动，去拜访妈妈的一位画家朋友。

她住在一间新店靠山的三合院。许多朋友在院子里吃火锅时，五节芒的种子像降落伞般，纷纷飘落下来，有不少洒落在汤里，变成额外的佐料。

我还注意到两种比较有趣的植物。一种是贴着墙脚生长、外形纤细、小叶呈不等方块状的铁线蕨。这种喜欢在潮湿环境生长的蕨类，爸爸见过的最大族群，是在太鲁阁的白杨瀑布。它们沿着水瀑密生，如毛毯垂下，足足有六七米长。

另一种是风铃花，沿着房子旁如扶桑般丛生。它们紧包着自己，像是凋萎般纷纷垂首。

吃过饭后，去爬后面的小山。我抱着阿和，阿一跟妈妈、阿秋阿姨等人在前面。天气有点热，爬没多久，我已汗流浃背，但阿一一点也不觉得疲惫。

山坡中途，发现一棵相当壮硕的雀榕。这一株虽然没有金山乡的大，但也有五人抱的宽度。这种榕属树种，在感情上，我一直认为，合该就是“龙猫”动画片里那种大楠木，可以让龙猫在树根下的地洞筑巢为家。

山顶上是一片相思林，在那儿休息吃橘子时，阿一发现了两三颗棕褐色的小坚果，那是青刚栎的果实，硬硬的，头有点尖，有些人小时候常拿来当小陀螺。他拿给我看，一边大叫：“爸爸，栗子！多多洛的栗子！我要捡回去给多多洛吃。”

他说完就在地上搜寻，结果又找到了许多“栗子”，把口袋装得鼓鼓的，准备带回去给家里的多多洛布偶吃。青刚栎在北部山区十分常见。这时节，山上的小路都有它们掉落的果实，就不知住在我们家旁边的赤腹松鼠是否会喜欢？它们以树为家，比多多洛更愿意接近我们。

外木山

秋末时，再次前往外木山区。前些日子，在狂烈的东北风下，爸爸曾抱着阿一跟何华仁叔叔爬上一座小山，去找一位叫沈振中的观鸟人。他是位彻底的自然主义者。诸如每星期有一天睡野外，以水果当三餐，尽量不用电，骑脚踏车旅行等等，所有的日常生活都考虑到，尽量减少一个人对环境的污染。

他在这儿观察老鹰已近一年。每星期来三次，从清晨到黄昏。十个月下来，他成为台湾第一位找到老鹰的观鸟人（总共有三个巢），发表了一份相当重要的猛禽研究报告。然而，他的赏鸟年龄还未及一年。

今天，沈振中和鸟会的朋友们在另一边的山头观察。我们全家

人坐车，从一条通往澳底渔港的路，穿过外木山区的山脚。外木山区有一支老鹰族群，近二十只左右，据说是台湾最庞大的。

阿一和爸爸在最高的山岭下车观察，有两只老鹰在天空盘飞。

春天时，老鹰们将在我们眼前的琉球松筑巢。那些琉球松自密林中孤立而出，直挺在山腰，跟山的诡异气势搭配起来，两相得宜。

妈妈被外木山的外貌震慑，她说："这座山的外貌相当不凡，却又十分奇怪。"妈妈想用一个较贴切的字眼来描述它。过了许久，她用了两个字："块垒"。

是的，就是这两个字。它的山形看来并不险峻，却和附近其他山截然不同。它有一种轩昂，一种很自然的荒凉，却不是我们常看见的那种被开发过的。我很少在其他低海拔的地区见过如此的山形，这种景观合该在高山才有，可是，又跟高山有些许不一样。它浑圆而雄浑，却不带吓人的霸气。

老鹰们看上这里筑巢，不知是否也考虑了这样的地形景观？不远的金山海岸，十多年前，爸爸常遇见十来只大族群的老鹰，但现在去那儿好几回，连一只也未发现。我想这支应该跟它们有关，而最新的调查统计，全台湾只剩二百多只老鹰。

金冻山下

寒假时，爸爸带全家人前往中部一座友人居住的林子，那儿是台中盆地最靠近东边的山区。最高的山叫金冻山，海拔接近一千米。远眺金冻山山峰时，陡峭的山壁还有一些阔叶林的绿意。只是这样的景观像是草原上的非洲土狼，只在额头背脊还有些稀疏的硬毛，山头以下的山区便相当荒凉了。

其实若仔细观察，四周的山坡还是有树的。这些树挺得又高又直，一排排十分整齐，长长的叶片集聚于树顶，向天空四散。青色的果实累累成串，群生于叶丛下。树根下则都是裸露、松软的黄泥土壤。爸爸如是形容，大部分在台湾长大的人，应该都猜得出这种植物叫什么名字了。

是的！我们的四周都是槟榔树，还有一条干涸的小溪，以及一些溪边枯死的原生树种，如白匏子、木麻黄等。这样满山满谷的槟榔，看来好像整个山发了狂似的。当然山是不会发狂的，而是拥有这些林地的人。这些山区都是国有林地，不可以盖楼房，但为何能植满对水土破坏较严重的槟榔？此一情景实在是我简单的正义感所不能理解的。这里的山地一甲不到百万元。据说，拥有这些山地的人，都是台中市某些有点闲钱的中产阶级。平常利用假日上山度假，非假日时则雇人看守，固定季节租人采收槟榔，让这些无法增值的山坡地也能赚钱。

一甲地有多大呢？大概是我们常去观察的小绿山这样大的面积。小绿山很幸运，暂时未被开发，也没有这种单一的树种，而且旁边有一个丰盈的水池。如果爸爸有这么一块土地，在台北市中心或郊区，我最大的梦想便是让它永远荒废。像现在的小绿山一样，从单纯的相思林渐渐演变成香楠、白匏子、杜英等混合的林子，让各种生物如竹鸡、松鼠、锦蛇和乌龟等在那儿自由地生长。当然这只是爸爸的梦想，就不知你们下一代有无机会实现。

最近连着两次回中部故乡，看到的情形都相当令人伤心。以前到鹿谷看到冻顶山，满山都是茶树，连株不同的野草都难以发现，许多观光客正为走在街上能闻到茶香而感到快乐，我的心情却异常难过。这样的山早已死了，能够让它复活的唯一机会就是废弃部分茶园，恢复野生的状态。以前还想，等你们兄弟长大一些，要离开愈来愈不可爱的台北，搬回老家住，但我看这个机会也愈来愈渺茫了。

南湖大山之旅（一）

我们背着背包到宜兰车站，等候前往中横支线的中兴号时，遇见五位年轻中学生。他们也各自扛着大背包，排成一列坐在候车椅上，一个比一个专注地在翻读手上的漫画。这种场面是相当有趣的，因为爸爸和几位山友背包里放的是各种生物图鉴（还有一位带的竟是鲸鱼图鉴），他们手上的漫画却是我非常陌生的世界。

我向他们打听，才知道他们是一群高一生，没有向导，凭借着的只是一张登山店常出售的高山地图，就要去爬奇莱北峰和主峰。听到他们这样出奇而大胆的冒险，我不免倒抽一口气。奇莱山系的险恶是众人皆知的，虽然最近天气晴朗，危险性降低，但纵使登山路径明显，一群少年从未去过，也没有熟悉的人带领，未免太冒险了。

这件事情使我想到二十年前自己高一暑假的那趟旅行。当时，我们也是一群同学约七八人，携着各种登山器具，前往石门水库上游。最初，搭乘一艘游艇上溯。游艇航行到无法再前进时，才在一块凸露的裸崖上岸。那儿是何处，没有人知道，身上也没有任何地图。我们只是依着自己的兴致，觉得那儿风景不错，便选择下船扎营了。原本只是过夜后回家，结果隔天起床，翻山越岭，看不到半个人影。再走了一天一夜，才回到石门水库，只差没有教父母登报寻人。

这是青少年时代唯一的一次冒险。那儿有一座看不见的山，一个看不见的自己，还有一个茫然向未来开展的彩色之梦。

与高一生同搭中兴号那天，我也想起生物地理学者鹿野忠雄，十七岁时便清楚地展开高山昆虫的采集之旅。但那是百年前，如果是今天，不知他会做何感想?

南湖大山之旅（二）

花了两天一夜的时间，终于爬抵南湖圈谷。大部分人都在圈谷的南湖小屋过夜，等待隔天清晨，再爬上南湖主峰。这几乎是每个人来此登山的主要心愿，享受登高和征服的心旷神怡。

爸爸到了圈谷，眼看南湖主峰在望，想爬上主峰的意愿却非常低。毕竟登主峰的山友络绎于途，不缺我一人。第二天清晨，我和两位朋友反而忙着取出高山植物图鉴，沿着圈谷的碎石坡，寻找周遭的各种植物，一个一个地按图索骥，认识这些稀有物种。同时，一边熟记它们的特性，试图从圈谷的特殊环境，解读它们的分布意义。我们花了一个早上的时间，把附近七八成的植物都熟记下来。同时，思考着冰河地形的形成因由，还记录了数量稀少的鸟类和昆虫。

下午我们才有时间朝主峰登高，但爬上最高点，仍非最大的兴趣，而是想借着海拔的升高，注意各种植物的生长分布，一边比较圈谷其他地区的差异性。

譬如，同样是玉山当归，接近半山腰的比位于圈谷底的长得要旺盛。著名的南湖大山紫云英，只生长在圈谷的碎石地。这些或许是受到东北季风的影响，也可能是因为阳光的照射位置不同。我们一路想的、讨论的尽是生物。主峰是在这样不知不觉中，轻松地爬上去的。那儿是尼泊尔籁箫、高山杜鹃和玉山筷子芥的家。我们是偶尔经过的客人，不值得高兴地欢呼。爸爸和朋友静默地休息了一会儿，向它们问好后，悄然离去。

南湖大山之旅（三）

现在的登山客为了减轻负担，多半都是携带浪费能源的瓦斯罐，很少人愿意背负其他燃料上山。这次到南湖大山，爸爸却背了三公升的煤油。背那么多煤油到高山干什么？原来，爸爸和几位登山的好友是要到山里烧垃圾，因为很少人会把垃圾带下山，都是在山上解决，甚至把更多的垃圾遗留在那儿。几十年下来，我们堆积在高山上的垃圾便相当可观了。不要说登山小屋，光是沿途的山径旁就到处可见宝特瓶、塑胶袋和铁罐头。

前几年，八通关大火灾，箭竹草原烧得一干二净，连带地也把丢弃在箭竹丛里的垃圾都烧出来，到处都有铁罐头和玻璃瓶裸露。我们这才发现，以前的登山客留下了惊人的垃圾在八通关。

当然八通关绝对不是唯一“存藏”垃圾的地点，这种情形到处都有。我们最担心的是，如果这些垃圾不清理，这种美好的高山环境，到了你们像我们这么大年纪时，可能都像阿里山森林游乐区一样，成为大型的垃圾场。

到底一个登山队会带来多少垃圾呢？这里有一个例子可以看出端倪。在南湖圈谷的太阳能小屋居住时，爸爸翻过屋前国家公园摆设的信箱，里面放置有一本记事簿，让前来小屋居住的登山客描述自己队伍的活动行程。其中，爸爸读到一页，是前天写的，一群国家公园解说课的人才来这儿住过，并且烧了垃圾。就我所知，因南湖大山离太鲁阁较远，他们来这儿的次数并不频繁。可是垃圾每天都会增加，至少，爸爸眼前装垃圾的铁丝笼又有一堆，而国家公园的人才离去没两天呢！于是，我们又点火，再焚烧一次。同时，把空罐头敲扁准备带回山下处理。我们在焚烧垃圾时，北峰又有一群登山客前来过夜。我想象着，另一堆垃圾正自逐渐衰弱的火苗中慢慢长出，却不知，下一支愿意处理垃圾的队伍何时到来。

南湖大山之旅（四）

前往南湖大山时，为了减轻背包的负担，我们把一些粮食放在云棱山庄，准备返回时食用。等我们疲惫地从南湖大山回来，放在山庄的两块腊肉却不见了。取用腊肉的人，为了答谢，留了字条，上面写着：“只吃掉小黄瓜，腊肉坏了。留下一些茶叶、花生肉松和八宝粥。”

我们看到时，心都凉了半截，这最后一餐的主食，是用来补充明天赶下山的体力，一路上还想着如何用腊肉煮晚餐，结果计划全部泡汤。两块腊肉都是上山前才买的，怎么可能坏掉呢？一定是被他们吃了，故意说坏掉，借以掩饰恶行。大家气得大骂，不知如何是好。爸爸猜想，既然吃了，总会把塑胶袋留下吧？就去放垃圾的铁笼子里寻找，果然被我找到了塑胶袋。后来再翻开一堆垃圾，竟然看到还有一条腊肉在里面。他们吃了一条，可能闻不出腊肉的味道（猜想是每天上麦当劳的年轻人）以为坏掉了，遂丢进铁笼子。失而复得，我们高兴地把那腊肉取出、洗净，用水烫过后，再切成肉片煮菜。

你们或许不懂，我们为什么对这两块腊肉那么在乎？因为这是一个登山道德问题。偷吃的人应该严肃地想到，存放的山友势必是要靠这些食物维持登山的体力，若是遗留下来的多余物品，绝对不可能是腊肉，而是其他罐头食品或干粮。这时若把这些腊肉偷吃，万一存放者身上已经没有食物，赶回来要靠这些食物充饥，发现竟没有，你说怎么办呢？也许意外就会发生。

在山上，我们可能会因情况变化而有粮食携带不足，或意想不到的危机，不同的山友队伍可以相互支援。有时，一包热腾腾的生力面，可能是一辈子最好吃的食物。一碗冰冷的绿豆汤，也会是生平最好的解渴饮料。对每一种食物的珍惜，以及想象一包面食可能会救活一个人，相信你便知道，偷吃一个山友的食物，是多么不应该的事。

学习认识篇

小绿山的第一年

爸爸最近选择了住家附近的小山，进行四季的自然观察。它位于通往万芳社区的山路边，旁边还有一座隐秘的池塘。我叫它小绿山。

小绿山海拔约五十米，林相以相思树为主，平常只需十分钟即可走完。这样的林子在台北近郊，放眼望去可说比比皆是，说不上有什么特殊的景观。

然而，为何选择这样一个不起眼的地方作为四季调查的场地，而不是一个特别区域，譬如岬角、河口或林相丰富的阔叶林？说来话长，但简言之，我正在尝试自然观察者随时随地都能观察的信念。

这个信念强调，纵使从自己城市住家的窗口看出去，也能进行长期的记录。它将印证，一个再如何平淡无奇的自然环境，经过长期的观察，都会产生有趣而丰富的变化。

现在，我每星期都有三四天，每天花大约两到三个小时，携带相机、望远镜、录音机、笔记本，以及各种动植物图鉴，走进这座相思林散步，观察林子里的动静。

这座小山林相虽然不甚丰富，但仔细踏查记录的结果，除了相思树外，还有白匏子、野桐、九芎、血桐、江某、杜英和竹林等低海拔常见的上层树种生长着。中层则有蒲桃、薯豆、水冬瓜、黄肉楠、水同木、台湾石楠等阔叶林必然生长的植物。下层呢？一样繁茂，九节木、野牡丹、灯称花、毛莲菜与各种蕨类都在名单上，这些样貌也十足代表了台北盆地南边低海拔地区的林相。

一边观察植物四季的变迁，我也仔细记录林子里的鸟类和其他动物。这个小小林子，通常只能维持一个林鸟觅食团体的存在。它们的成员包括了一般郊区常见的鸟种，诸如黑枕蓝鹟、

黑枕蓝鹟

客家人称为丝光鸟。单独或成对出现于平地、低海拔山区之树林或竹林，都会公园也有它的踪迹。性活泼，喜于浓密枝桠间活动，常停于枝上，伺机捕食空中飞虫，常见其他林鸟与它们一起活动。鸣声清脆洪亮，繁殖季常会发出“回、回、回、回”的连续哨音。

小弯嘴、五色鸟和山红头等林鸟，以及习于成群活动的粉红鹦嘴、绿绣眼、尖尾文鸟，都是这个集团的重要成员。

至于我的观察方式呢？非常简单，每天我都记录下所见到的鸟类或昆虫的种类、数量、叫声、习性、发现地点、觅食食物等事项。在植物方面则定期注意它们抽芽、开花、结果与落叶的日期。

这样的记录方式，每天一次，看来单调而重复。但久而久之，这些没有任何形容语汇的数字会积累出意义，也开始能解释很多事了。从这些阿拉伯数字，我可以用各种角度的分析方法，取得想要的任何相关动物或植物的解释。

但我觉得最重要而可贵的，还不是这些自然科学调查研究的呈现，而是那隐藏于记录背后，一个人长期生活于林子里的见闻，以及面对现实生活的思考体验。继而之，了解个人的生命意义，或许才是最重要的收获吧！

冬天的观察

时节入冬以后，按理说，应减少前往小绿山观察的次数了，事实却不然，爸爸反而越来越喜欢花很长的时间坐在池边，像一个钓鱼人在垂钓。喔，或者应该说是，像一只晒暖冬的乌龟那样，无所事事地趴在大枯枝上。坐那么久，干什么呢？原因无他，我只是想让池边的动物更加认识我，熟悉我，除了接受我是这一区域最庞然的动物外，同时知道我的无害。

于是，时日一久，固定坐在池边的一颗大石头上时，总会有下述的老朋友来陪伴我。

小白鹭阿英伫立在对岸血藤爬满的大树顶。红尾伯劳茶火在山黄麻枯枝上远眺。鱼狗鲁鲁老是在血桐下守候。小弯嘴单眼也一样，继续跟两只同伴沿着池边巡行，在五节芒的草丛钻探。不只鸟类，其他动物也是。琉璃色侧胸的麻斑晏蜓飞到池里绕圈。纤弱的豆娘们仍偏好在长梗满天星中栖息。还有，总会有那么一对斑龟和红耳泥龟，争相趴在木桩上，仰颈竖脖，在不远的池心，和我遥遥对望。

你们不免会好奇地问，各种鸟类的每一只，长得都十分相似，我是如何在野外看出它们的不同？其实这很简单，我已经在这里观察了一年，久而久之，自然对它们的习性、行为和数量都有充分的了解。从个别鸟种的特征，我还是能鉴定，譬如，阿英右脚趾的暗黄色泽，明显地高出脚踝。夏天以来，鲁鲁胸部的橘红较淡。单眼的右眼失明，没有黄色眼球。茶火胸部的横纹特别密。至于那一对不同种的乌龟，原则上也能从它们的龟壳辨识出和其他同种的差异。

我的观察也不仅止于认识它们，还有更进一步的细腻注意与互动。像我常借助阿英帮我瞭望天空。大部分时候，都是它的抬头竖颈警告我，天空有猛禽到来。单眼和它两位同伴的觅食，也常提示我，每个时节里，草丛会有什么类的浆果、毛毛虫或其他昆虫。乌龟们若不在木桩上，一定是不久前有大型的动物来过我枯坐的地方。

这样定点而长期的自然观察并不难，任何人都可以尝试，端赖你的时间、细心和毅力。我个人十分笃信，这样的观察才是未来喜爱野外活动、欣赏自然的人，面对生活环境的最根本态度。也就是自然观察的种种，虽从认识出发，最终仍是以了解为目的。

我的自然写作方法

由于主创作题材泰半与自然生物有关，你们到爸爸的房间，看到书桌固定摆放的几本书，一定都是生物类的工具书，诸如昆虫、蜻蜓、鸟类、菌类和植物等大型图鉴，和显微镜、放映机并列着。它们像英、日语词典，每天我都必须翻查，从那儿汲取新的生物知识。

台湾的生物相过去并未做过长期有系统地调查与整理，所以除了鸟类已有普及本的指南外，大部分物种都未有允当的图鉴出版。像昆虫、菌类和蜻蜓等冷门的生物图鉴，我都得咬紧牙关，花大笔钱自日本购得。这些图鉴也不止买一种，有时还购买其他版本作为辅助。譬如鸟类图鉴，我就有十来本。鲜少人研究的菌类，也买了三四本相互参考。

有了这些工具书的辅佐，还是不够的。我依旧要定时去野外，做区域性的长期观察。目前，选定的小绿山，是座低海拔相思林小丘。每天早晨，我都要穿上墨绿色的衣裤，携着望远镜、绘本、笔记簿和相机前往那儿，进行至少三四个小时的观察。

平常，我习惯以数字、代号记载日常性遇见的生物，若以文字陈述，往往是发现了奇特的生物，或某种习性。在野外，我始终谨记一个原则，无论如何困难、忙碌，都要想办法，当场把适才发生的事记到笔记本里。我一直坚信，唯有这种现场的接触才能清楚掌握那一刹的感动与真实。

至于，携带口袋型绘本，也是基于这种考量。优秀的自然观察者，通常也会学习简单的绘图本事，将现场看到的特有生物描绘进绘本里。绘本和文字记录一样，唯有现场的写真，才能自然地逼近，且抓住这种生物和观察者间的互动情感。

既有绘本，为何还带相机呢？带相机并不全然是为了摄取美好的生物镜头，主要是怕一些现场无法辨识的物种，隔天到来就消失无踪了。譬如一些担子菌类的伞菌，经常只有一两天生命，如果不先拍摄，恐怕都要再等一年以后。有时则因遇见阴雨天，或者物体过于复杂，现场无法写生，只好用相机先进行记录了。

我常带面包和饼干在野外解决中餐，或者带新鲜的野菜回家试吃。中午回家，首件要事是将采集到的标本或描绘的物种取出来，按图鉴比对。如果是会迅速凋萎的物种，通常在查出属种后，立刻取出素描的绘本做参考，再细腻地绘入开本较大的画簿，或是做成标本存藏。最后的工作，是把一天的观察心得输入电脑存档。一边记录，一边也核对今天的观察和过去几日的相关性为何。譬如，有只鱼狗最近都未记录到，它的消失代表着何种涵义？和去年相较，红嘴黑鹎为何提前结集下山？通常区域性的定期观察，到了一个阶段时，枯燥的数字和代号都会衍生诸多涵义。

许多自然观察者最大的乐趣，有很多便是来自于这类数字累积的启迪。但我并不满足于此，还想在生活上获得更多的启蒙。于是我的观察笔记本，不免就会有三言两语的感性文字，和生硬的数字们做伴。

在进行抄录整理时，难免有些未查出属名的物种。除了进行绘图外，我通常会做细部研究，拍摄幻灯片，寄给相关科目的研究学者或朋友，向他们请教。有些知识确定他们也无法知悉时，只好详细地记录它的特性，暂时取个假名，留待以后有心的人士来解答了。

一本会长大长高的书

爸爸经常携带在身旁的《台湾野鸟图鉴》，是目前台湾最常在野外使用的。此书是由台湾野鸟资讯社和日本野鸟学会监修完成。一九九一年四月初版。鸟类图鉴一如英文词典，素来是翻阅频率最高的书之一。这本尤其是，虽然才用了一年多，但就像过去所使用过的鸟类图鉴，我在书里加注了许多个人在野外的观察心得。

在这本书的序里，鸟类研究学者刘小如曾提到，虽然赏鸟到处可以进行，它至少需要两种工具。她称之为“第一种需要”的工具是望远镜。近年来由于观鸟人口日益兴盛，外国进口的望远镜类型变得繁多，很容易购买，价钱也相对的便宜了。

但“第二种需要”鸟类图鉴呢？台湾有高达五十种的特有种与特有亚种，任何国家的鸟类图鉴都无法涵盖这些。我们总不能连图鉴也使用国外的版本，借以观察本土的鸟类吧？然而，在这本书问世以前，很可怜，也很不幸地，包括我在内的一些早期的赏鸟人，都度过这么一段尴尬期，必须参考日本为主的野鸟图鉴。

难道，在《台湾野鸟图鉴》出版之前，过去台湾地区就没有，一定非用国外的吗？其实，远在这本图鉴之前，台湾地区已陆续有大众化的鸟类图鉴问世。记得七〇年代就有欧保罗和谢孝同合著的《台湾鸟类指南》，开启了对鸟类认识的先河。八〇年代又有张万福、颜重威等人，有心地出版了各类型开本的指南。可是无论用摄影或绘画编成，这些书都有几个相似的大问题，诸如在野外不便携带、初学者辨识不易等等。

以我个人为例，就必须借重日本的 ***Birds of Japan***。这本书涵盖的台湾鸟类高达百分之八十，尚能应付我们在平原、湿地所遭遇的挑战。当时，像我这样的鸟友还不少，都以这本图鉴作为必备工具，再以其他为辅。

《台湾野鸟图鉴》虽然提高了在野外的实用性，足可媲美上述的 *Birds of Japan*，甚至更加细致，但仍有一些缺失。最让人感到遗憾的，画者是一位日本鸟画家，他所能长期体验与观察的经验来自日本，而非久居台湾的感受。所以图鉴里的鸟虽是台湾的鸟类，但鸟类羽色，这个最重要的鸟类辨识点，可能是较接近日本的。

同时，只要你常在野外观鸟，有心去比对，几乎每一种鸟，我们都会由自己的经验提出不同的见解，轻易地质疑图鉴内容的正确性。图鉴所能展示给你的，几乎是一个非常呆滞的侧影姿势，以及欠缺全面有系统调查、讨论与辩证之类的文字描述。

这里遂牵涉到一个非常重要的观念，你如何看待鸟类图鉴？我总是劝人不要过度倚赖图鉴，因为鸟图里的每一只鸟都不是标准答案。它只是提供了一个简易的辨识原则，以及一个很大的想象空间。任何一种鸟的图案和文字都如此。为了让这个空间更宽广，你可以加入个人的意见。

鸟类图鉴虽是一本书，但它是有生命的，是活着的。当你开始拥有时，它只是一株小树苗，需要你日后长期地翻读、思考，加入观察心得，才会长大，长高，变成一本可以和你对话的野外图鉴。

如何聪明地使用野鸟图鉴

在台湾，到野外从事鸟类观察，身边不携带一本鸟类图鉴，就好像阅读英文小说，手边没英文词典，是件相当冒险的事。

但光是一本图鉴配合望远镜还是不够的。你还需要一本笔记本，养成勤于做笔记的好习惯。尤其是现场随看随记的本子，比回去撰写更为理想。你可以当场记下第一时间的所见所闻，或素描到观察物体的最重要特征。若等回家再处理，许多当下的感觉与视觉都会打折扣。然而，这个最基本的赏鸟要则，连经验丰富的老鸟友都常无法实践。

同时，爸爸要警告你们，不要过度依赖图鉴。我总是对图鉴充满怀疑和不安全感。我们身处的野外，每个场地每天都是新鲜的挑战。这不是一本放在家里的图鉴所能应付的。图鉴比一本词典还死。词典还能凭解释，举例造句。图鉴里的字里行间却处处是地雷，永远有很大的弹性空间。说得吊诡一点，它的每一句解释可能都是错的。

何以见得？我觉得最好的例子是亚成鸟。在春秋两季迁徙季节时，我们所看到的亚成鸟，不管冬羽或春羽色泽都相当令人困惑。鸟类图鉴往往只绘出成鸟，或者再区分出雄鸟和雌鸟，少有亚成鸟、幼鸟的，纵使有也只是少数几种。但亚成鸟在台湾活动的季节高达三四个月，甚至更久，它们的羽毛、叫声和成鸟差异相当大。纵使透过高倍单筒望远镜，赏鸟老手也不见得就能轻易辨认。所以一般人初识水边的岸鸟，老实说常只有一个模糊的印象，清楚它们生活在水边，但个别鸟种的细部分类便完全不清楚了。

叫声又是一个很大的挑战，除非你能亲眼看见它在你面前叫，不然许多乍听到的陌生鸟叫都是个问号。每一种鸟都有好几种鸣啼，图鉴里是无法全包含进去的。光是本地留鸟都有族繁不及备载之丰富，而有些候鸟在冬天时，甚至保留有繁殖期的复杂叫声，在在成为我们野外观察的严峻挑战。

但赏鸟的乐趣也在这里，有时透过这些辨识，很困难地寻找到的鸟种，似乎更有其个人的特殊意义。无论如何，爸爸的建议是，除了多跑野外，勤于记录和笔记，多买几本图鉴相互比对是必要的。纵使是旧书，也有值得从中研究之必要，甚至台湾史料的参考都是很好的研究素材。此外，认识鸟类觅食的植物、虫子，增加判断力，或选择一种常见鸟种的繁殖，作为个别鸟种生活观察的进阶，又或是挑定一个长期的定点观察等等要素，都是帮助一个人走入更深层自然世界的不二法门。

五本自然图鉴

最近收到一本自然书籍《台湾鲸类图鉴》，里面描述的是台湾海域附近鲸鱼和海豚的种类，以及如何辨认外形的特征与习性。在自然图鉴里，此书算是相当细致而实用的，并不输给国外的相关书籍。

看到它时，爸爸十分兴奋，因为这不仅是台湾地区第一本有关鲸类的图鉴，更意味着，本土的自然观察图鉴已经从鸟类、蝴蝶等较为风行的物种，渐渐地推展至其他各种不易观察不易发现的自然生物，并且有系统地为它们正名、分类，让更多爱好自然的业余人士参与。

今天是一九九四年，回想从八〇年代初自然环境意识兴起以

来，有关台湾的自然图鉴书籍始终付之阙如，要不就是因陋就简，不符实际需要。以前，我们赏鸟、观蝶，或采集植物时，连个可以携带的实用图鉴都没有。在野外观察，只有依赖前辈的观察经验教导我们，我们再传授给下一代。

那是一个整体自然旅行环境还未臻成熟的年代，一个人绝对难以单独在野外进行有效的调查，因为没有图鉴可供你参考。现在就不一样了，譬如一个人想到关渡赏鸟，只要买一本《台湾野鸟图鉴》，再带个望远镜，根本不需要其他人的引领就能独自享受赏鸟的乐趣。类似的情形在野花、蝴蝶和蜻蜓等，如今也有实用的图鉴在坊间出售。

一个缺乏良好自然图鉴作为指南的年代，可能得花十年才能摸熟的赏鸟知识，如今有了实用的自然图鉴，只消两三年野外工夫就够了。这是我为什么要对自然图鉴那么在意的主因，因为它是我们在野外必备的指南针，辅助我们更快地进入观察的领域里。

一个地方要深入广泛地提升自然观察的层次，要让更多人和自然产生良好而有效的对话，唯有从各类自然图鉴的完整出版，始能有更好的成绩。

这几年大概是自然图鉴最为丰收的年份。除了《台湾鲸类图鉴》外，前不久还有四本“冷门”的图鉴值得注意。这四本分别是《台湾锹形虫》《蛙》《台湾蝶类图鉴》和《台湾天牛图鉴》。它们像一颗颗星子，悬挂于自然观察的夜空，从此在我们的天顶闪亮。光是翻阅这些图鉴，我便能想象，你们那一代会因为这些图鉴的出版，比我们在更早的年纪，便和自然发生深厚的情感。

沼泽原乡

八〇年代初，爸爸年轻时，曾做了一个非常重要的野鸟观察计划。那时，我刚从台中到台北谋职。由于晚上才到报社上班，白天都空闲下来。于是我选择了淡水河，从事一年四季的野鸟调查。其中，关渡沼泽区是最重要的一站。

十年前的秋天，我初次进入这个沼泽区旅行，在那儿观察自然的人还不多。当时整个沼泽区只有一条泥泞的小路穿过，连堤防都未整修。我骑摩托车经过，两边不时有整批迁徙的家燕、棕沙燕像水花般溅起，而旁边的水塘也不时有鸻鹬科水鸟群带着悠扬的鸣叫，向更内陆、对岸或远方惊飞，沼泽充满了盎然的生机。

在台湾有哪个都会地区，自然和人之间的关系能够如此亲近呢？这样丰富多样的自然让甫进入沼泽区的我，瞬间充满莫名地感动，呆立河边，久久不能自已。后来便下定决心，选择这里作为四季调查的定点位置。那时关渡沼泽区要成为自然公园的构想，约莫在翌年五月见诸报端的。所以在进行观察中途，我转而有了一个更明确的目标与强烈的使命感。这方面跟我一起走访，从那儿初识鸟类的何华仁叔叔应该感同身受。

日后，到关渡观察鸟类和自然生态的市民渐渐多了。可惜，自然公园迄今仍未建立。十年后同样是秋天，何华仁叔叔接任台北市野鸟学会理事长，仍带领鸟会会员在沼泽区举办水鸟季活动，努力地为这个看来遥不可及的美梦催生。惟沼泽区的自然环境已破坏大半，不复往日的丰富。如今节假日前往，在堤岸上观察，不要说希冀鸟群从身边飞起，远远地能看到三四只已属不易。既然大环境不如以往，为什么还要争取呢？原因无它，因为它是台北盆地唯一，也是最后一块，我们能留给你们的河口沼泽了。

结束一年的调查后，我并未远离关渡。正萌生拍摄自然生态纪录片意念的“胡子”刘燕明也来到这儿。胡子会找上我，是因为他读了爸爸写的关于淡水河观察的书《旅鸟的驿站》，很感动，也知道我把版税全捐了。我们在台大一家餐厅见面，结果一杯一百元的咖啡下肚，又把我的一股热情和血气带回关渡，陪他去拍鸟，准备为这个时代关渡的自然环境做见证。结果，在人力、物力、钱财都缺乏的情况下，没有支撑多久，暂时中止了拍摄的计划。他也继何华仁之后，去了六龟、垦丁常住，日后才拍摄完成著名的“蓝鹊飞过”和“台湾猕猴——红毛脸的故事”。

而我呢？眼看关渡成立自然公园遥遥无期，沼泽区继续有废土恣意倾倒，各类工厂、游乐场又不断兴建，遂无奈地转入图书馆，钻研台湾史的自然志，以及一些山路、古道的野外探查。但是这个启蒙我们的沼泽区，继续在我个人的旅行观察里深深地影响我。

这十年里，我也断续带你们回到沼泽区，或寻找鲸鱼、海豚之可能，或追寻黄鼠狼、巢鼠的脚迹，或探看喜鹊、老鹰之行径。这几年完成的动物小说《风鸟皮诺查》《座头鲸赫连么么》都是以它作为主要的背景。从那看似不毛之地的沼泽出发，红树林、茳茳碱草、弹涂鱼、招潮蟹，以及那几近台湾二分之一的各种鸟类，都是我挥之不去的自然烙印。这里对何华仁叔叔也一样，而胡子迟早也要再回来，面对这个日益恶化的沼泽。不论关渡未来将如何演变，它已经变成我们，以及许许多多和我们一样，爱好自然观察的人，竭力想要保护的原乡。

死亡之书

死亡，对一般人而言，这是一个多么忌讳讨论的问题啊！它却是自然观察者必须时时面对的严肃大事。

爸爸有好几个朋友都是在年轻时，因为行野外的自然观察，意外地罹难异乡。这些事曾使我沮丧甚久，感叹生命的无常与脆弱。有时在野外旅行，经过他们生前滞留过的地方，心情更是愈加困顿、疲惫。尤其是在清冷的高山旅行，总觉得离他们和死亡都很近了，说不定很快，也会去陪他们。

那时，我便常冥想，假如有一天，爸爸真的像他们一样，到深山里去观察，没有回来。千万记得，你们一定不要感到意外或者难过。相反地，你们应该欣慰，因为那也是一种福气，是我想要，大自然适时回报给我的。

爸爸只要求死时是在一个台湾的高山区。有鹪鹨那样孤独的小鸟旁陪，简单地躺在那儿，聆听着雾声的到来。同时，在安静的肃穆中，慢慢地，感知世界的远离。

你们可以把我火化，骨灰撒在这块山域，让我可能是一棵树、一粒石子、一声鸟啼、一片云雾，伴护着你们，继续在我们生长的地方旅行。

一首诗之后

最近整理书柜时，意外地翻读到了四五首三十岁时的诗作，都是过去不曾发表的，也未曾收入爸爸的最后一本诗集《小鼯鼠的看法》里。至于，当时为何未收入，现在已记不清楚了。我重新读它们，像是在回忆过去已经逝去的美好事物般，有着很多的感伤与一丝淡淡的愉悦。虽然没有再狂热地写诗，我的野外活动继续丰富而自足，但因为有过这些诗的存在，我的自然观察世界里，意外地多了心灵底层更深的思考与负荷。这个时代新诗已经没落了，我却感谢它曾经对我的启蒙，并且继续在旅行中，时时触发我感觉文学的美好。

这四五首里面有一首的内容，颇适合现在我们之间情感的某

些心境，爸爸禁不住想借着这系列的家书发表出来。这首诗叫《小熊之歌》：

最后，小熊阿达和背包并坐

一起凝望着无垠的天空

它准备离开族群到无人的小岛去

独木舟上载有一袋豌豆

和冰冷盈满的孤独

春天时在苜蓿的草原摘鲜红的浆果

夏天时到解冻的溪流捉肥胖的鲑鱼

想起这些日常生活的琐事

它眉头紧锁

只做一只擅捕鲑鱼的熊泥

还是，宁可在年轻时死亡

小熊阿达和背包并坐

天边剩下北斗星的亮光

它回头看山

杉木林的轮廓已消失

独木舟上还要装载什么呢

《圣经》？或者其他书籍

小熊阿达没有说话

我们突然感觉

它的身影比任何时候庞大

一边哼着歌，一边划桨

小熊阿达在独木舟上

独木舟在雾中

我们在河边看着、听着

分辨不出是哀伤或快乐

这是我们对它的最后记忆

小熊阿达和背包在湖边并坐

后面的森林藏着许多对盯人的眼睛

疑惑而多黠慧的眼睛

但只有小熊阿达看到更前方的风景

一九八八年三月七日

重读《天地一沙鸥》

最近重新拜读七〇年代风行一时，影响也甚为深远的小说《天地一沙鸥》。

这本小说的主角海鸥岳纳珊·李文斯敦，重视飞行远甚于觅食生活。小说里飞行意味着自由、无拘束、不受传统命定。海鸥的一生，多数时间囿于海岸环境生活，每天只是聒噪而忙碌地抢夺食物和交配繁殖。它不想认同如此既定的命运，努力地学飞，想要突破现状，却遭致被族群驱逐的命运。

阅读这本小说时，相信大部分的读者都会同情、认同岳纳珊追求生命意义的精神。但我们现在如果大胆的、从自然保育的观点来看，或许，海鸥长老们的话是对的。在岳纳珊的身上，我们虽然看到了一只海鸥的冒险与成长，但那儿也存藏着“人定胜天”的观念。这种想法，势必与自然生态的生息违逆。

其实若要冒险或成长，也可以顺着自然演变的法则，用不同的方式去取代。再者，若只是在海岸栖息，拘泥于传统理念的交配和觅食生活，是否就毫无意义呢？我也不以为然。也许那是一种守旧，但它自自然然，以正常演化的节奏进行。觅食远重于飞行，我们要探究的是生活本身的意义。飞行是因觅食生活而存在，进而完整独立。

不知过去是否有读者，从这个角度探讨？我用了一整本《风鸟皮诺查》，书写的重点，很大一部分都是环绕这个飞行议题。

航向异世界

初三了，每次和你碰头，大概都是晚上九点以后，你背着背包，从补习班走出来。

我固定在街角等你。上车以后，你总是叽里呱啦讲个不停。大概是在补习班看书，都很少讲话。加上白天在学校，整天考试、上课，太疲惫了。上了车，你仿佛获得了解脱。

天可怜，早上一出门，直到这时父子再见面，我当然乐得和你畅谈。但我们聊的可不是什么上课的话题，也不是生活上的大小枝节，最近好像都在谈科幻小说家阿西莫夫的作品，从最近出版的《基地》系列，聊到他早年的几本经典，还有那几部拍得很庸俗的电影。

回家的路程大约有二十分钟，这一短短的时间，无疑是我们一天交集最多的时候。你回到家，洗个澡，准备明天要带的课业，大概就要睡觉了。而明天一大早，又得匆匆赶到学校上课。

车子在暗夜里驶过台北的街道，我们像是一对阿西莫夫笔下在外太空航行的旅者，孤独地航行着，聊着别人很少感兴趣的天外话题。

一边聊着，我也发现，你最近总会感叹，或者说是抱怨吧！怪我为何一开始创作，不懂得去当个科幻小说家，偏偏去写什么冷门的自然生态，还都是台湾的；也不是什么神秘的亚马孙，或者壮丽的非洲草原。

反过来，我也半开玩笑地相讥，带你跑野外八九年，没想到上了中学以后，你就偷懒，不想再跟我到户外游走。节假日时，宁可躲在家里吹冷气，继续翻读已经不知看过多少回的科幻小说。在你身上，我好像看到自己坚持的自然教育理想，似乎有了一个明显的失败例证。

前天，看到你背着书包走向我时，突然想起你十岁时，背着大背包在阳光下，走过高山草原的身影，还有和我一起并立在雪山东峰远眺世界的情境。啊，那种幸福！

在你上车之前，我不禁，轻叹了一口气。

但从后视镜，我也偷偷地看你，揣想着，你会不会也有另一种喟叹，继续想象，假如我真的是科幻作家，说不定你可以有更多时间，从我身上获得更丰富的飞碟和外星人的种种知识，而不必去理会那些难以辨认的草木花虫。嗯，你的童年或许会有更精彩的想象世界。

到了周末，或许你才会快乐一些，因为阿一从学校宿舍回来了。你们两个人便能躲进小房间里，通宵达旦地畅谈科幻的东西。你们好像驾驶着飞碟，航行到外太空，不跟我对话，也不理会这个世界了。

我知道那种快乐，也很少阻断你们的继续航行。我相信这种对外太空的寄托和喜爱，毋宁也是对现有社会种种体制的反弹。你们选择了科幻或奇幻，作为消极的叛逆。

我也没有什么敢要求的，只希望有朝一日，你们航行累了，在那冰冷而疏离的世界，想要找到暖意时，能够回想童年，我们一起度过的户外生活。我始终相信，你们到外太空去的旅行，最终想要泊靠的其中一站，就是我最初带你们去的地方。你们的遥远旅程之尽头，应该也是那里。